闇堕ち勇者の背信配信
～追放され、隠しボス部屋に放り込まれた結果、
ボスと探索者狩り配信を始める～
JN018579
Nayuru Koji
広路なゆる
ILLUST.
Pairan
白狼

ライブ

CONTENTS

YAMIOCHI YUSHA NO HAISHIN HAISHIN

共有 4820 91

ライブ

闇堕ち勇者の背信配信

YAMIOCHI YUSHA NO HAISHIN HAISHIN

～追放され、隠しボス部屋に放り込まれた結果、ボスと探索者狩り配信を始める～

共有

Nayuru Koji
広路なゆる ILLUST. 白狼
Pairan

RAIN 探索者狩り……？　ひどい

HOST:アリシア どうだ人間ども。怖いか

NK でもなんだろうこの気持ち

あいうえ ¥2,100
何かに目覚めそう

古田 こんなの初めて

HOST:アリシア ちょっ……！　どういうことだ!?

一章 追放と背信

「随分と遠いところまで来たものだな」

パーティの中心人物、剣聖の男性……セラがそんなことを言う。確かに学生のノリで作った四人パーティでA級パーティにまで成り上がった。

遠くまできたものだ。

それを聞いたクガは改まってどうしたのだろうと思う。これから、最後の戦いになってもおかしくない難関に挑むというのに。だが、それはその後の話の前置きであった。

「クガ……世話になった……お前とはここでお別れだ……」

「っ……！」

流石《さすが》に驚いた。

いつかは来る話かもしれないと思ってはいたが、今だとは思っていなかった。クガは他のメンバーの顔を見る。一人は聖女のユリア、もう一人は付与術師のミカリだ。二人とも俯《うつむ》いていた。つまるところすでに話はついているということだ。

「一応……理由を聞かせてくれないか」

「一言で言えば、器用貧乏……お前なら分かるだろ？」

クガにはそれがよく理解できた。

「俺達にとってこれが最適解だと思う」

「……」

「だから、この先の隠し部屋にはお前一人で行け」

「えっ……？」

「俺からお前への最後の餞《はなむけ》ってやつだよ」

クガは思う。要するに俺はここでダンジョン生活を終えろってことか。

「セラ……さ、流石にそれは止めた方がいいんじゃ……」

付与術師のミカリは迷いの様相を見せる。しかし、剣聖セラの意志は固い。

「いいや、行かせる。無理やりにでもな……」

「ミカリ……構わない。セラ……その餞《はなむけ》……ありがたく受け取ってやるよ」

こうして、クガは独り、隠し部屋へと向かう。

◇

地球に突如、ダンジョンが出現し、魔物や魔法、ジョブの存在が確認され、早五〇年。

近年、一度きりではあるものの自動蘇生できる魔法〝リライブ〟が一般化したことで、ダンジョン探索、そしてダンジョン配信が急激に流行する。

そんなダンジョンにおいて、〝戻らずの隠し部屋〟……いつしかそう呼称されていたその部屋からは、過去に誰一人、ダンジョンに戻れたものはいない。全員が一度きりの蘇生魔法《リライブ》を消費し、ダンジョンから退いた。その元凶たる魔物は……。

「どうした？　この私を相手にたった一人で……」

「……」

「あれか？　ひょっとして追放というやつか？」

背中まで伸びる美しい金の髪に、吸い込まれるような真紅の瞳。黒と紅のドレスのような佇まい。彫刻のような美しい身体《からだ》だが、背中から紅《あか》い翼が生えている。しかし、美麗な顔にはあどけなさが残る。クガは過去に配信で見たことがあった。

戻らずの隠し部屋の魔物《ボス》……美しき吸血鬼《ヴァンパイア》がクガに話しかけてきていた。クガは虚を衝かれるが、少し返答してみることにする。

「まぁ、有《あ》り体《てい》に言うとそうだな……」

「はは、そうか……！　ん……？　しかし、その割に……どうも冷静だな」

「いや……いつかはそうなるのではないかと考えていた。そういう意味では、ちょうどよかったのかもしれない」

「ふーん……そうなんだ。でもまぁ、私は君が来てくれて嬉《うれ》しいよ」

「……？」

「なぜって……？　そんなのは簡単……退屈だったからさ……！」

「っ……！」

そう言うと、吸血鬼は紅く尖った石のような物体を撒《ま》き散らしてくる。

それが戦闘開始の合図であった。

「ぬぐっ……」

クガは背中に背負う大剣を抜き、盾のように使い、乱れ飛ぶ紅石を防ぐ。

「剣を粗末に使うのだな……」

「っ……！」

背後から囁《ささや》くような声が聞こえた。

「ほーん、これも防ぐか……」

吸血鬼《ヴァンパイア》の翼が変形した触手は鞭《むち》のようにうねりながらも先端は刃のように鋭い。その触手による紅い斬撃《ざんげき》を、クガは神がかった反応で辛うじて防ぐ。

吸血鬼の特殊スキル、瞬間移動――。

彼女が囁かなければ被弾していたかもしれない……、
クガの額を汗が伝う。

ならば、こちらから攻める……！

「っ……」

クガはその大剣を勢いよく振り下ろす。吸血鬼《ヴァンパイア》は身体《からだ》を開くように回避しながらも、それが想像よりも遥かに疾《はや》かったのか、目を見開く。クガはなおも連撃で畳みかける。

「っっ……」

想定外の気迫に吸血鬼は一度、瞬間移動で、後方に下がり、間合いを取る。

が、しかし……。

「っ……！」

下がった分の間合いは、身体能力のみで一瞬にして詰められる。

「くっ……」

吸血鬼は思わず、巨大化させた右翼でその剣を受け止める。

切断こそされぬものの翼は鈍器で叩かれたような損傷を負う。

「っ……」

痛みを負ったのは吸血鬼だけでない。カウンターで反対側の翼を触手に変形させ、その刃がクガの左肩を貫いていた。だが……。

「治癒《ヒール》」

「っ……!?」

クガはすぐにその傷を癒やしてみせる。

「治癒もこなすか……器用だな……」

吸血鬼は触手の刃に付着したクガの血をペロリと舐《な》めながら言う。

「……そうかもな」

そう……それが原因だ。

吸血鬼の言葉で、クガは先刻の出来事を思い出す。

『クガ……世話になった……お前とはここでお別れだ……』

『一応……理由を聞かせてくれないか』

『一言で言えば、器用貧乏……お前なら分かるだろ？』

ジョブ：勇者……その名称に騙《だま》された。

その名称は少し恥ずかしかった。しかし、パーティを守ることができるならと喜んだものだ。

実際に剣撃、防御、攻撃魔法、補助魔法、さらに回復に到るまで……何でも高いレベルでこなすことができる万能型《ジェネラリスト》。総合力の高さは随一のものであった。

しかしだ。一つとして極めることができない。

いずれにおいても、それぞれを極めた特化型《スペシャリスト》には及ばない。パーティ構築論が活発となったのはクガが勇者となった後であった。ダンジョンの結界の作用で、四人までと限られたパーティにおいて、それぞれの特化型で構成し、それぞれの長所を生かし、それぞれの短所を補完することが最善とされ、現在では、物理攻撃特化、魔法攻撃特化、回復特化、防衛or補助特化の四人構成が最もパフォーマンスを発揮できる〝結論パーティ〟となっていた。

要するにパーティにおいて、器用貧乏……半端者《はんぱもの》。それが勇者というジョブであった。そして、致命的なことにクガの元いたパーティにおいて、

物理攻撃特化……剣聖のセラ
魔法攻撃特化……聖女のユリア
補助特化……付与術師のミカリ
回復特化……不在

故に、勇者であるクガが回復役を務めるという異様な状況となっていた。しかし……吸血鬼《ヴァンパイア》との戦いの中で、クガは不思議な感情を抱いていた。

〝誰も死なせないように戦わなくていいことが、こんなに身軽だとは思わなかった〟

「ところで男よ……」

そんなことを考えていると、吸血鬼が攻撃の手を止めて、問いかけてくる。

「ずっと気になっていたのだが……その浮いているモノはなんなのだ？　過去に来た者達の周りにも浮いていたのだ」

「ん……？　あ、これか……？」

「そうだ」

「これは配信用ドローンだな」

「ハイシン……？　裏切り的なあれか？」

「いや、違う……」

クガはお人好しなのか、吸血鬼に配信の説明をする。

全世界に映像が流れていること。リスナーがリアルタイムに思い思いのコメントをできること。吸血鬼はその間、攻撃を止め、興味深げに耳を傾けていた。

「へー、ということは私と君との……この戦いが皆に観られているというわけか？」

「あぁ、それが俺の元パーティがプレゼントしてくれた最後の 餞《はなむけ》というわけだ」

「なにそれ……ちょっとぞくぞくしてきた……」

吸血鬼は口角を上げる。

「ありがとう」

「ん……？」

「こんなに丁寧に教えてくれたのは君が初めてだ」

「……」

「ちなみに今はどんなコメントがされているのだ？」

「ん……？　そうだな…………【吸血鬼さん、可愛い】」

「はぁっ!?」

吸血鬼《ヴァンパイア》は動揺する。

「そんなコメントばかり!?」

「……そうだな、君の容姿に関するコメントはとても多い……」

「……！　な、なんたる不遜《ふそん》な……人間とはそんな奴らばかりなのか？」

「不遜というか、コメントというのは大概、本音で語られるものだ」

「……本音」

吸血鬼は僅かに赤面している。

「……」

吸血鬼はしばらく沈黙した後、顔を上げ、言葉を発する。

「ねぇ、少し変なことを言ってもいいだろうか？」

「ん……？」

「私にハイシンを教えてくれないか？」

「……はい？　ど、どういう……？」

「そのままの意味だが？　私はハイシンに興味を持った。だから私にハイシンを教えてほしい」

吸血鬼は何がわからないのだろうというように言う。

「そ、それはわかった……しかし、ボスである君にそんなことが可能なのか？　第一、君はこの部屋から出られるのか？」

「出られるわ！　君はいつも私がここにいると思っていたのか？」

そうだが……と思うクガ。

「よく見るのだ。この部屋には何もないではないか」

そう言われてみると、そんな気もしてくる。確かにこの部屋は無骨なドーム状の岩場……生活に必要なものが何もない。ボスにも生活があるという発想がそもそもなかったわけだが。

「え……それじゃあ、君はいつこの部屋にどうやって来るのだろうか……？」

そう多くはないだろうが探索者が現れた時、彼女はいつだってここにいる。いや、逆だ。そう多くはないにもかかわらず、探索者が現れた時、彼女はいつだってここにいる。

「侵略者が現れたら連絡が来るのだ。それから急いでワープする。さっきも気持ちよく寝ていたところを叩き起こされて急いでここに来たのだぞ」

それは失礼した……と思うクガ。

もしや今も寝ぼけているのではないだろうな……とも思うクガ。

「これでわかっただろ？　部屋から出られる。だから、な！　一緒にハイシンをやろう。君の血はとても……いや、君はとても見込みがありそうだ」

いつの間にやら〝ハイシンを教えてくれ〟から〝一緒にハイシンをやろう〟にアップグレードしている。

「……」

クガは考える。

実のところ、クガにとって唯一にして最大の問題があった。

それは〝目的がなくなったこと〟。

学生のノリで始めたダンジョン探索及び配信。彼はこれまで仲間を守るために戦ってきたのだ。配信においても面白いことを言えるでもなく、自分から表に立つようなことはなかった。

だから、セラの最後の餞《はなむけ》も受けたのだ。

別にここでダンジョン生活を終えても構わないと自暴自棄《じぼうじき》になっていたのだから。

そんな時に出会った変な吸血鬼《ヴァンパイア》……なぜか自信満々にニンマリしている。

気は確かか？　と言われたらＹＥＳと答える自信はなかった。しかし……。

「……わかった」

クガがそう答えるのにそれ程時間はかからなかった。

◇

数時間後──、

「見えてますかー？」

【見えてるよー】

【見えてる】

【マジで吸血鬼ちゃんだ】

【うひょー、マジかよ】

「お、早速コメントが来てるじゃないか。それじゃあ、記念すべき第一回の配信を始めるぞ」

「……」

クガはまず思う。

コメントがすごい。

初めての配信にして、コメントがすごい。

普通、初めての配信とはほとんどコメントがつかず、俺達は一体、何をやっているのだろうという気持ちになるものだ。しかし、最初からコメントがついている。そしてチャンネル登録も目に見えて増加していく。

「なぁ、クガよ。これは上々の滑り出しといっていいんじゃないか？」

「そうだな」

セラの瞳は本当に瞳になってしまっていた。

セラがクガに脱退宣告をしたことにより、その時点でそこそこのリスナーがいた。その相手は戻らずの隠し部屋のボス、絶世の美女としても知られていた吸血鬼《ヴァンパイア》。なんならクガよりも吸血鬼を応援していた人の方が多数だ。そして、まさかの配信のお誘い。

　おそらくダンジョンの魔物としては史上初の珍事であろう。パーティ追放された勇者と魔物がコラボするという情報は拡散され、想定外の注目を浴びる結果となったのだ。

　クガは思う。

　セラは、ここまでの事態になるとは予想していたのだろうか……。

　そんなことを思うクガのことなど気にしない様子で吸血鬼は言い放つ。

「ということで、記念すべき第一回の配信は、侵りゃ……あ、間違えた。探索者狩りをやっていきたいと……思いまーす」

【え……】【へ……】【マジ?】

【ざわ……ざわ……】


　少し時を遡る――。

「それで配信をするのはいいとして、君は何がしたいんだ?」

　配信を一緒にやることに合意したあの後、クガは吸血鬼とオフレコで話していた。

「あー、アリシア」

「……?」

「私の名だ」

「……つかぬことを聞くが、誰が名づけたのだ？」

「わからぬ。存在を認知した時から私はアリシアだった」

「なるほど……」

詳しいメカニズムはわからないが魔物はダンジョンから発生している魔素により生成されるといわれていた。人間のように赤子から成長するわけではないのだろう。

「俺はクガだ」

名前を聞いて自分が名乗らないわけにもいかない。

「へー、クガか……かっこいいじゃん」

そうか……？　とクガは思う。

「ちなみに年齢は？」

「今年で二四になる」

「えっ!?」

何の驚きだ……と思うクガ。

「……」

クガもアリシアの年齢が少し気になったが、魔物とはいえ女性に聞くのは失礼かなと我慢した。見た目だけで言うならば、二〇歳前後であろうか。

「それでアリシア、君は何がしたいんだ？」

「うん……」

クガが名を呼んだからかアリシアは少しだけ下を向く。それはアリシアにとって初めてのことだった。しかし、すぐに顔を上げて語り出す。

「実は最近、暇すぎて、ふと思うことがあってな」

「なんだ……？」

「頂点取りたいなと……」

「お、おう？」

「どうやら魔物の頂点を〝ラスボス〟というらしい。それになってみようかなと……」

「……」

魔物業界では、ラスボスとはなろうと思ってなれるものなのだろうか……とクガは疑問に思う。

「そうか、それでラスボスとは具体的にはどうやってなるものなのだ？」

「そうだな、ラスボスになるための第一歩として、まずSS級ボスにならなければならないらしい。これがSS級ボスになるための条件だ」

そう言って、アリシアは殴り書きのメモをクガに見せる。字が汚くてよく見えなかったが、なんとか内容を確認することができた。

＝＝＝＝＝＝＝＝＝＝＝＝＝＝＝＝＝＝＝＝＝＝＝
【SS級ボスになるには】
・侵略者を三〇人狩る
・A級パーティを狩る
・S級パーティを狩る
・眷属《けんぞく》を従える（S級ボス）
・ボスの城を構える
・SS級ボスの枠を空ける
＝＝＝＝＝＝＝＝＝＝＝＝＝＝＝＝＝＝＝＝＝＝＝

クガは思う。

結構、明文化されているのだなと。

いや、それ以前にこれをやるとなると……。

「探索者を狩らなければならないのか……？」

「そうなるな」

「……」

「そうか……勢いだけでそこまで考えていなかった。そうだよな。クガは侵略者……同士討ちはクガにとって都合が悪いか……」

アリシアは少ししゅんとなる。

「…………いや、まぁ、別に構わない」

「え……？」

「実のところ……探索者同士の戦闘は禁止されていない」

「……！」

クガはアリシアに自動蘇生魔法リライブについて説明する。人間のダンジョン探索者は例外なく自動蘇生《リライブ》をかけていないと検問により、ダンジョンに入ることができない。

自動蘇生《リライブ》とはダンジョン内で死亡した時にダンジョン外に転送された上で蘇生する、特殊な魔法である。現存、存在する唯一の蘇生魔法でもあり、生涯に一度しか効果を発揮しないことが知られている。故に一度、死亡すると二度とダンジョンに再入場することはできない。

しかし、それでも必ず蘇生されるとあって、ダンジョン内であれば探索者には、自己責任の元、ある程度の自由が保証されている。戦闘行為もその一つだ。

「実際に、探索者との戦闘を目的とした決闘系配信者というのもいる。現存する四組のＳ級パーティの三番手といわれるパーティ〝デュエリスト〟が最も有名だ。まぁ、その人達は挑戦者募集という形式で積極的に狩っているわけじゃないけどな……」

「へぇー」

アリシアは興味深げに聞いている。

「ところでSS級ボスになるための条件の一つであるS級パーティを狩るとあるが、人間のS級パーティとは四組しかないのだな……」

「そうだな……」

「ふーん……ちなみに君は？」

「俺はA級パーティ……だった」

「なるほどなるほど……君よりも格上の者達がいるということか」

アリシアはどこか嬉《うれ》しそうだ。

「そういうことになる。ところでアリシアには等級はあるのか？」

クガの知る限り、S級ボスリストには含まれていなかった。

「私は等級なしだ」

「なるほど……隠しボスだからだろうか？」

「そうかもな……まぁ、ゼロスタートの方が面白いだろ？　というわけで、我々のチャンネルの目的は、等級なしボスの私の〝ラスボスへの軌跡〟をドキュメンタリーでお送りしていくぞ！　そして人間達に恐怖を植えつけ、ダンジョン配信などという悪趣味なことを自粛《じしゅく》させるのだ」

アリシアは上機嫌に言い放つ。

「お、おう……」

それはいいけど、俺の立ち位置は一体……と思うクガであった。


そして数時間後の現在――。

「おい、見ろ……クガ……侵略者だ」

「あぁ……そうだな」

視線の先には一パーティ、四人の探索者達がいた。

「ノコノコと現れおって」

アリシアは口角を上げて微笑む。

◇

出会いは高校時代――。

〝ど〟がつくほどの田舎で部員四人、廃部寸前のオカルト科学研究会。

オカルト科学研究とは名ばかりで、皆、ダンジョンに興味があった。

中でも部長で幼馴染《おさななじみ》のヨモギダは熱心なダンジョン研究家で、部室ではいつも彼がファンであったパーティ〝イビルスレイヤー〟の配信が流れていた。

「しゃぁああ！　いいぞー！　イビスレー！」

「うっさい！　ヨモギダ！」

　そんなヨモギダをいつも罵倒《ばとう》しているのは、チカコだ。

「うっさいとはなんだね？　チカコくん。君にはこのイビスレの素晴らしさがわからないのかね？」

「うっさい！　昨日も聞いたわ！」

　ヨモギダがイビルスレイヤーの推しメンバーの話をしようとすると、チカコはいつも不機嫌になる。

「あぁ、俺も早くダンジョン行って、魔物の生《なま》解体配信とかしてみたいなぁ」

「趣味悪いのよ！」

「そういう君も探究心には抗えないのだろう？」

「うぅ……それは……」

　そんな夫婦《めおと》漫才めいた二人のやり取りを苦笑い気味に眺めていたのが、アキナだ。アキナはいつも本を読みながら、二人の様子を見てはときどき苦笑いをする。どちらかというと寡黙《かもく》であまり話すタイプではなかった。

「で、ケンゾウ、あんたは何でいつも寝てんのよ！」

「……！」

　ケンゾウ……そう……それが俺だ。

部室にはいつも昼寝に来ていた。幼馴染《おさななじみ》のよしみとやらで、ヨモギダに強制的に入部させられた俺は特にやることもなかったのだが、なぜだか足しげく部室に足を運んでは惰眠《だみん》を貪《むさぼ》っていた。そんなある日のこと……思えば、この日、俺にとっての日常は一変したのかもしれない。

俺は昼寝から目を覚ます。

「……あれ？　寝過ぎたか……」

窓から射す光は紅く……夕暮れ時であった。

「あ……起きたんだ……」

「……！」

部室には、ヨモギダとチカコはおらず、アキナだけが残っていた。

「あ、うん……」

「……」

しばらく沈黙が流れる。二人きりになることなんて、今までなかった。少し重苦しい雰囲気だ。そんな沈黙を破ったのは意外にもアキナの方だった。

「……ケンゾウくん……」

「え……？」

「あ、あの……ケンゾウくんってダンジョンに行く気って……ある？」

「え……!?」

唐突な質問だった。

「私さ…………一八になったら、この四人で……ダンジョンに行きたい……」

「……！」

ヨモギダならともかく、アキナがこんなことを考えているなんて思いもしなかった。

「えーとね、私は性格的にヒーラーかな……チカコはきっと黒魔導士でヨモギダくんは意外と盾役かな……それでケンゾウくんは……花形の剣士かな……なんて……」

アキナは少し恥ずかしそうだったが、いつもより饒舌《じょうぜつ》にそんなことを語る。

「ヨモギダのことだ……きっと俺達に魔物実験だの解体だのをやらせるぜ？」

「それでもいいの……皆といられるなら……」

「この四人じゃないとダメなのか……？」

「うん……特にケンゾウくん……には……必ずいてほしい……」

「……！」

なぜあの日、彼女がそんなことを言ったのかは、確認していない。

B級パーティとなった今でも……あの日のことは他の二人にも内緒だ。

そして、いつか目標とするS級パーティになった時にその真意を訊く。そう誓った。誓ったはずだった。

◇

「ぎゃん」

「っ……!? よ、ヨモギダ……」

チカコに続き、ヨモギダが腹部を貫かれ、消滅する。

「く、くそ……」

「ケンゾウく……ん……」

脚に傷を負い、倒れているアキナがケンゾウの方を見る。

「アキナぁ……」

どうして……？ どうしてこんなことに……。

ケンゾウは這いつくばるようにして、アキナの方へ必死に進む。今日も順調に魔物狩りを進めていた。何の問題もなかった。これまでもいくつかの死線もくぐり抜けてきた。慢心はなかったはずだ。

「アキナ……」

ケンゾウはアキナに手の届くもう一歩のところまで辿り着く。

この手さえ届けば……。

「ケンゾウく……」

サクッ
「っっっ……!?」

ケンゾウの目の前のアキナの脳天に紅の刃が刺さっている。

「お疲れ様でしたぁ」

紅の眼の妖艶《ようえん》な女が不敵に微笑む。

その後方では、一人の男が困ったように片手で顔を覆っている。

「あぁあああああああ……な、な、な、なんなんだお前らは……!?」

ケンゾウは涙を流し、女に怒りをぶつけるように言う。

「ん……？　ただ、人間を狩ってるだけだけど……」

「なっ……!?　ふざけやがって……」

「何をそんなに憤慨《ふんがい》しているのか、理解に苦しむ。君達が普段やってることと全く同じでしょ？」

「っ……！」

「君達がさ、ダンジョン配信する理由って何？」

「……」

「金か……あるいは承認欲求だろ？」

「っっ……」

「その気持ち、わからなくもないのだが……こちとらお前らの道楽で命狙われてるのに付き合ってやっているんだ。感謝したまえよ」

「っっっ……こ、このちくし」

　サクッ
　ケンゾウがあっけなく消滅する。

「ん……？　あ、ごめん。なんか言おうとしてたかな？」


「……」

　この女《アリシア》、なかなか派手にやりやがった……。

　クガは思う。

　若手のホープらしいＢ級のなんたらというパーティを無慈悲に惨殺……リアルタイム修正システムのおかげでグロさはだいぶマイルドになっているのが救いだ。吸血鬼《アリシア》はこの階層にふらっといていい強さじゃない。完全に事故……可哀相に……。

「なぁー、クガ、この内容、そこそこの人間が観ているのだろう？」

「あ、あぁ……」

「よし」

　アリシアはニヤリと微笑む。

「どうだ？　引いただろ？　人間共！」

【最悪……】【胸糞悪い】【可哀相】

【くたばれ、モンスターが……！】

「うむうむ、そうだろそうだろ」

　アリシアはどこか満足気だ。

「これに懲《こ》りたら……」

　が、しかし……。

【いやー、なんだろう……】

【うん、なぜかはわからないが今、高揚感がある自分がいる】

【この気持ちはなんだろう】

「えっ？」

【脳から変な汁出てる】

【そもそもそいつらも魔物使って実験とかしてた奴らだしな】

【そうそう、スライムスライスしていつまで再生するかとかな。元から胸糞ではあった】

【うーん、とりあえず継続かな……】

「待て待て、落ち着け、人間共……魔物は残虐非道であってだな……」

【ありがとうございます。おかげ様で何かに目覚めました】

「はぁああ!?」

想定外の反応にアリシアは動揺し始める。

「く、クガよ……に、人間とは魔物なのか⁉」

「そ、そうかもな……」

「いや、魔物よりなおひどくないか？」

「……」

否定できぬクガがいた。

いずれにしても人間達《リスナー》の予測不能な思考によりアリシアの思惑は大きく外されることとなった。

ピックアップコンテンツ **背信配信のここをCHECK!** ＞

ダンジョン

50年前、突如として地球上に現れた迷宮。未知の宝や魔物が眠る。空と地下に向かってのびていることから“双頭ダンジョン”と呼ばれており、攻略難易度はどちらに向かっても同じ。一度ダンジョンに足を踏み入れるとジョブや魔法が覚醒する。

ダンジョン配信

自動蘇生魔法と、配信用ドローンの普及により、ダンジョンから配信する探索者が急増。今では趣向を凝らした配信が無数に存在し、現代における人気コンテンツのひとつとなっている。

ジョブとスキル

ダンジョンに潜った者が目覚める役職。本人の性格や適性が反映されることが多い。ダンジョンで経験を積むことによってジョブに応じたスキルを会得できる。

目指せSS級ボス!

ダンジョンに生息する魔物のボスにはランクが設定されており、現在判明している最上位ランクはSS。SSボスになるための条件は以下の6つ。
①侵略者を30人狩る ②A級パーティを狩る ③S級パーティを狩る ④眷属を従える(S級ボス) ⑤ボスの城を構える ⑥SS級ボスの枠を空ける

D-Tube
検索
闇堕ち勇者
ライブ
闇堕ち勇者の背信配信 解説チャンネル
共有
背信配信って?
パーティを追放された
勇者クガと、裏ボスの吸血鬼アリシアが、
ダンジョンに挑む探索者を
狩りに狩りまくってラスボスを目指す
極悪非道の背信配信!
YAMIOCHI YUSHA
NO HAISHIN HAISHIN

二章　魔物の世界

「では手を繋《つな》いで」

「あ、あぁ……」

クガはアリシアが差し出す小さな手を握り返す。

「なんだ？　恥ずかしいのか？」

アリシアは少々、意地の悪い微笑みでクガの顔を覗き込む。

「まぁ、多少はな……」

「ふふ……意外と小心者なのだな」

「……」

否定できないクガがいた。

「では、行くぞ」

アリシアがそう言うと、二人の周りにワープエフェクトが発生する。


「どうだ？　ここが魔物の街だ！」

アリシアに連れられて、飛んだ先……そこは〝魔物の街〟なる場所であった。

魔物の街……その名のとおり、通常は魔物しか入ることができない街。一部の特権を持つ魔物は任意の場所からワープすることができる。ただし、ワープするためには時間を要するため緊急的な逃亡の用途では使えない。

「……」

その光景にクガは言葉を失う。

石造りの建物が並び、少し古めかしい雰囲気の街が広がっていた。街はそれなりに賑わっており、住人達は確かに魔物だらけであった。

【すげー、魔物の街なんて存在したんだなー】

【情緒があって結構、素敵かもしれない】

【あかん、ちょっと魔物に感情移入してしまいそう】

「うむうむ」

アリシアはコメント群に満足げに頷《うなず》いている。

「おそらく君が魔物の街に足を踏み入れた初めての人間じゃないかな?」

「そうだとは思うが、いいのか?」

「別に禁止されていないし、いいんじゃないか?」

「禁止されてないのはいいとして、俺は人間だけど大丈夫なのだろうか?」

「大丈夫でしょ。だって君は私の……」

「……」

「あれ？　君は私の何だろう……」

アリシアは首を傾《かし》げるような仕草をする。

「まぁ、いいや。ひとまず君は私の〝何者か〟であろう？」

「そ、そうだな……」

こうしてクガは無事にアリシアの〝何者か〟に就任するのであった。

「俺のこともそうだが、配信をしてしまってもいいのか？」

「別に禁止されていないし、いいんじゃないか？」

アリシアはあっけらかんとしたものだ。

【吸血鬼《ヴァンパイア》さん、フリーダムすぎ】

【魔物の街の配信なんて史上初だろ】【なんなら存在自体が初めて知られたのでは？】

【おかげですごく興味深い映像を目の当たりにしている】

流れる驚嘆のコメント群に接し、クガは思う。

アリシアの目的はラスボスになること。だが、それと同時にサブ目的がある。

〝人間達に恐怖を植えつけ、ダンジョン配信などという悪趣味なことを自粛《じしゅく》させる〟

正直、魔物達にもこのような日常があると知ったらば、考え方に変化が起こる者も少なくはないだろう。アリシアの行動がそれを計算してのことかはわからないが……。

「さぁさぁ、私の仮住まいに行くぞ」

「あ、あぁ……」

そうして、アリシアは歩き始め、クガはそれについていく。

アリシアとクガは街のメインストリートを歩く。

「……」

その間、クガは非常に居心地が悪かった。当然のことだ。魔物達がクガのことをジロジロと見ているのだから。前を歩くアリシアは堂々としたものだ。

「吸血鬼《ヴァンパイア》ちゃ……」

「ん……？」

歩いていると、一体の魔物にアリシアが声をかけられる。

「っ……！」

その相手にクガは度肝を抜かれる。

【ぎゃぁあああ、出たぁあああ】

【ミノタウロスやん】

【え、S級ボス!?　逃げてぇえええええ】

コメントのとおり、それは八体存在するS級ボスのリストに名を連ねる〝ミノタウロス〟であった。巨大で屈強な身体《からだ》に牛の頭を持つミノタウロスがアリシアとクガを見下ろしている、が。

「あ、ミノちゃんじゃん。どしたー？」

【ミノ……ちゃん……？】【フレンドリーだな】

「あ、クガ、紹介するよ。友人のミノちゃん。こっちは私の何者かのクガだ」

「初めまして、ミノタウロスと申します」

「ご丁寧に、どうもです」

一瞬、沈黙が流れる。

「って、吸血鬼《ヴァンパイア》ちゃん……流石《さすが》に人間連れてきちゃまずいんじゃ……」

流れで挨拶《あいさつ》してくれたミノちゃんは、焦るように言う。声が意外と可愛い。

「ん？　なんで？」

「なんでって……そりゃ……常識的に考えてさ……初対面ですみませんが、クガさんもクガさんですよ……いきなり魔物の街に乗り込んでくるなんてすごい胆力《たんりよく》ですね」

「す、すみません……」

クガは魔物に常識を説かれ、思わず謝罪する。

【ミノタウロスの言ってることが正しいな】

【これはあかん、この牛が可愛く見えてきた】

クガにも、魔物の街に人間が来ることは非常識なのではないかという疑念はあった。しかし、クガにはこちらに来ざるを得ない理由が二つあった。

一つ目は、本日の善良なパーティの惨殺により、今のクガは人間社会の方に戻るのもなかなかにリスキーであったこと。

もう一つは、アリシアはおそらくダンジョンを出ることができないこと。

アリシアと別行動をとることも考えたが、実のところアリシアとクガは現状、連絡手段がなかった。待ち合わせは可能かもしれないが、何らかの原因で失敗すれば、二度と逢うことができないかもしれない。

などと頭の中で論理を組み立てるクガの思いとは裏腹に……。

【クガが頭おかしいのはクマゼミ時代からだから驚きはない】

【知性派ぶってるやばい奴】

「あはははは、なんか言われてるぞ？　クガ」

アリシアが腹を抱えてケラケラと笑う。

「……」

クガは少しむっとする。

「ところでクマゼミとは？」

「あー、俺の元いたパーティ名だ」

「なるほどなるほど……まぁ、何はともあれ、ミノちゃん、クガは人間だが、私の〝何者か〟

だ。手出しは許さぬぞ」

「……〝何者か〟って何よ……」

【ミノちゃんが一番常識人】


ミノタウロスと別れた二人は一旦、配信を終了し、アリシアの仮住まいなる場所に向かっていた。アリシア曰《いわ》く、本居とする城を建造するまでの仮住まいということのようだ。

「あ、ちょっと寄り道いいか？」

「あ、あぁ……」

そう言うと、アリシアはちょこちょこと屋台の青果店に足を運ぶ。

それにしても不思議な空間だ。

クガは思う。

魔物の街が、実際のところダンジョン内のどこに位置するのかは謎であったが、ここには空が存在する。ダンジョンは明らかに内部構造が外観よりも広く、不思議空間であるのだが、その中でも魔物の街は一層、謎めいた場所であった。

「君は何が好きなのかな？」

ぼーっと上空を眺めていたクガにアリシアは振り返り尋ねる。

クガは陳列された青果を眺める。

見たこともないようなフルーツもあれば、リンゴやバナナのような馴染みの深いフルーツもある。クガは果物が大好物というわけでもなかったが、あっさりしたものが良いと思い……。

「リンゴかな……」

「リンゴか。私も好きだ。特に青リンゴ」

アリシアはそう言うと、店員のリザードマンのような魔物に青リンゴ二つの値段を訊く。

「二つでいくらだ？」

「500円だ」

「えっ!?」

「ん？　どうかしたか？　クガ」

「い、いや……」

聞き間違いかなと思い、クガはしばらく様子を眺める。

「ほい」

「っ!?」

しかし、やはり聞き間違いではなかった。アリシアは日本円らしき千円札を出し、お釣りとして五百円玉を受け取る。

「……どうかしたか？」

驚きの表情を浮かべていたクガにアリシアが尋ねる。

「いや……通貨が人間と共通なのだな……と」

「……？　それがそんなに不思議か？」

「まぁ、それなりに……」

クガは思う。

日本のダンジョンの通貨は円ということは他国にも同じように魔物の街があるとしたら、その国の通貨が使われているのだろうかと。

ダンジョンが確認されているのは世界で九か国である。日本、米国、中国、タイ、ＵＡＥ、フランス、エジプト、ブラジル、オーストラリアの九か国にそれぞれ一つずつダンジョンが存在する。日本のダンジョン入口は東京の有明に位置している。

アジア地区として、東アジアには中国、東南アジアにはタイがあるため、日本ダンジョンはガラパゴス化しており、日本人が圧倒的に多い。

「ちなみにどうやってそのお金を得ているのだ？」

「え？　毎日、いくらかずつ支払われるが……」

「……ベーシックインカムというやつか」

「ん？　なんて？」

「いや、なんでもない……というか、通貨が共通ならば、代金は払わせてくれ」

「まぁまぁ、いいじゃないか。遠慮するな。今日は私に奢《おご》らせてくれ」

アリシアはにかっと笑う。


すっかりと夜になっていた。魔物の街にも昼と夜が存在するようだ。

「まぁまぁ、寛《くつろ》ぎたまえよ」

クガはアリシアの仮住まいにお邪魔させてもらっていた。宿があったので最初はそちらに泊まろうとしたが、警戒心のないアリシアは、「何を遠慮しているのだ？」と言って、無邪気に自身の仮住まいに男《クガ》を招き入れた。

アリシアの仮住まいは街のメインストリートから少し離れた小さな庭つきの石造りの平屋であった。内部は狭くもなく広くもなく生活するには居心地の良さそうな空間だ。

それにしても何とも凝縮された一日であった。

朝……追放、そして隠し部屋
昼……初配信、そして惨殺
夕……魔物の街、そして魔物《アリシア》宅訪問
これが一日の出来事である。そして、食事……アリシアの夕食はなんと青リンゴ一つ……

青リンゴはただのデザートだと思っていたクガは驚く。

「えーと……ダイエ……」

ダイエット中なのかと尋ねそうになるが、女性にそんなことを聞くのは流石《さすが》にまずいかと思いとどまる。

「……？」

アリシアは少し焦っているクガを不思議そうに見つめていた。その表情を見るに、アリシアは普段からこの量しか食べないのが当たり前のようであった。結局、クガはアリシアの入浴している間に持参していた簡易食で腹を満たす。しかし、簡易食もそんなに量があるわけではない。そのため、こういった日常生活の差異は埋めていかなければならないのだろうかと感じていた。

そして就寝の時間……。

「あ！」

突如、アリシアが困惑したような声を出す。

「……どうした？」

「……大変だ……クガ……べ、ベッドが……ベッドが一つしかない……！」

「……お、おう」

「ど、どうしよう……ベッドが一つしかないぞ。考えていなかった」

「……」

いや、そこ、最初に考えるべきところだろう、とクガは思う。

家にお邪魔させてもらった時から一つしかないなぁと思ってはいたが、アリシアが自信満々だったので、敷き布団か何かがあるのだろうと思っていた。

「どうしよう……うっかりしていた……流石《さすが》に人間とこの狭いベッドで二人一緒に寝るのは前代未聞だ……」

アリシアは明らかに動揺している。

いや、今日だけでも前代未聞のことを何回かしてきたが……と思うクガ。

「ぐぬぅ……しかし招いた身として、客人を地べたで眠らせるわけにもいかぬ。仕方ない……私が床で……」

「大丈夫だ。簡易寝具がある」

そうして、クガは迅速に寝袋に入るのであった。

夜中――。
興奮よりも疲労が勝《まさ》ったのか、クガは寝袋の中でスヤスヤと眠っていた。
と……何者かがクガの寝袋に近づいてくる。
紅い目の何者かはクガを見つめ、くすりと微笑むと舌舐《な》めずりする。
何者かは少しだけ躊躇《ちゅうちょ》しつつもクガの右腕に軽く口付けする。そして……。
チクッ
「いてっ！」

クガは痛みで目を覚ます。

「あ、ごめん……あれ？　何で麻酔効いてないのだろう……」

クガの目の前にいたのは注射針を持った吸血鬼《アリシア》であった。

「……何してんの？」

「その……血を……ほんの少し拝借したく……」

「……わかったがせめて……起きてる時にやってもらっていいか？」

「ごめんなさい、今朝、味見したあの味が忘れられなくて……」

アリシアは幾分、しおらしく俯《うつむ》いている。初めて戦闘した時に、アリシアはクガの左肩に傷をつけた後、なにげなく、その血を舐《な》めていた。味見とはそのことだろうか……とクガは思う。

そういえば、その直後からドローンのことなどを聞いてきたが……。

まさか……この吸血鬼《ヴァンパイア》、その他諸々は実はどうでもよくて俺の血の味が気に入っただけということはあるまいな？　と少し疑心暗鬼になるクガであった。

「あのなぁ……言ってくれれば……血くらいだったら死なない程度ならやるよ……」

「ほ、本当か!?　恩に着る」

アリシアは目をうるうるさせて喜ぶ。

その後、アリシアは本当にほんの少量の採血をし、指に落として、ぺろりと舐める。

「……〜〜！」

アリシアが口角が上がるのを必死に押さえるような顔をするものだから、クガは心の中で少し笑ってしまう。

「そんなもので大丈夫なのか？」

「あぁ、これだけあれば十分だ」

「ちなみに直接、噛みついたりはしないのか？」

「それは色々とまずい」

「そんなものか……」

「あぁ、君は私の何者かであっても、眷属《けんぞく》ではないからな」

「……」

その後、再び就寝するのであった。

◇

翌日――。

「ぎゃぁああああああああ」

紅の刃で上半身と下半身がお別れした探索者が消滅する。

「うむ。これで二六人目だ！」

昨日の四人にさっきの四人を加えて計八人であったが、過去にアリシアが狩った人数が一八人いるらしく、これで二六人目ということであった。

つまるところSS級ボスになるための条件一つ目である〝侵略者を三〇人狩る〟の達成まで、残すところ四人となったわけだ。


＝＝＝＝＝＝＝＝＝＝＝＝＝＝＝＝＝＝＝＝＝＝＝＝＝＝＝＝＝＝＝＝

【SS級ボスになるには】
・侵略者を三〇人狩る　↑現在、実施中
・A級パーティを狩る
・S級パーティを狩る
・眷属《けんぞく》を従える（S級ボス）
・ボスの城を構える
・SS級ボスの枠を空ける

＝＝＝＝＝＝＝＝＝＝＝＝＝＝＝＝＝＝＝＝＝＝＝＝＝＝＝＝＝＝＝＝

【乙でーす】

【昨日のパーティよりあっさりめだったな。残念……】

【あと四人、がんばー】

「お、おう……」

コメントは早くも探索者狩りに適応し始め、普通に応援メッセージなどが来ている。勿論、嫌悪感を示すコメントもそれなりに多い。

さて、次の標的を探そうかという時……。

「どうもー、こんにちはー」

「「……!?」」

第三者が二人に声をかけてきた。

二人がその方向を見ると、身軽な装備で短剣を携えた男がヤンキー座りで微笑んでいる。その男に加えて、後方に盾役と思《おぼ》しき男性一名、魔法系職と思しき女性二名……計四人がいた。

つまるところ典型的な一パーティだ。

【モンスタースレイヤーだ】

【モンスタースレイヤー……】

「どうも初めまして、わいらは〝モンスタースレイヤー〟っちゅうパーティですわ」

コメントの認知のとおりの自己紹介をされる。

【こいつら、S級パーティ、イビルスレイヤーの弟分のA級パーティだぞ】

＝＝＝＝＝＝＝＝＝＝＝＝＝＝＝＝＝＝＝＝＝＝＝＝＝

【四組のS級パーティとその配信スタイル】

①ルユージョン……正統派

②あいうえ王……ソロダンジョン籠もり
③デュエリスト……プレイヤー間の決闘を好む
④イビルスレイヤー……猟奇的モンスター狩り
＝＝＝＝＝＝＝＝＝＝＝＝＝＝＝＝＝＝＝＝＝＝＝＝＝

その四番手とされる〝イビルスレイヤー〟は積極的かつ弄《もてあそ》ぶように魔物を狩るパーティとして有名である。その弟分の〝モンスタースレイヤー〟もまた……。

「お二人さん、随分と面白いことやってるみたいですねー。結構、注目浴びてますよ？」

「へへ、そうか……？」

そんなことを知らないアリシアはなぜか頭を掻くような仕草をして照れている。

【吸血鬼《ヴァンパイア》さん、気をつけて！　彼らは好戦的なパーティですよ！】

「っ……!?」

警告の直後、炎の弾が飛んでくる。

「あらら、避けられちゃいましたか」

短剣の男はニヤニヤしながら言う。

「ふむふむ、クガ、あいつらA級といったな？」

「あぁ……」

「なるほどなるほど、確かに活きが良さそうだ。しかし、なんて運がいいのだろうな……」

「え……？」

「ＳＳ級ボスになるための条件……一気に二つ埋められるではないか。お買い得だ」

アリシアもまたニヤリとする。

＝＝＝＝＝＝＝＝＝＝＝＝＝＝＝＝＝＝＝＝＝＝＝＝＝＝＝＝＝＝＝＝＝＝＝＝

【ＳＳ級ボスになるには】
・侵略者を三〇人狩る　↑現在、実施中
・Ａ級パーティを狩る　↑ＮＥＷ
～割愛～

＝＝＝＝＝＝＝＝＝＝＝＝＝＝＝＝＝＝＝＝＝＝＝＝＝＝＝＝＝＝＝＝＝＝＝＝

「らっ！」

短剣の男がアリシアに剣を振り下ろす。

「っ……！」

アリシアは紅の刃でそれを受ける。

「らぁあああ！」

短剣の男は強気に攻め立て、アリシアがそれを受けるという展開となる。

【流石《さすが》、Ａ級……吸血鬼さんと張り合ってる】

【モンスレ好きじゃないけどやっぱり強いな……】

【特に短剣の男はフェンサーのシダハラ……要注意人物だ】

「火球《ファイアボール》！」

「っ……」

さらに後方からの援護魔法がアリシアを襲う。アリシアは紅の触手の一部を後方へと向かわせる。

「っっ……」

が、しっかり盾役が立ち塞がり、紅刃を防ぐ。

「おらおらおらっ！　お手々がお留守だぜ？」

その間に、フェンサーのシダハラは攻撃のギアを上げる。

「っ……」

「食らいやがれ……」

シダハラの眼が鋭く光る。

「スキル……迅斬《クイック・スラッシュ》り!!」

ガキンという金属がぶつかり合うような音がする。

しかし、迅斬《クイック・スラッシュ》りはアリシアには届いてはいなかった。

クガが迅斬《クイック・スラッシュ》りを受け止めていたからだ。

「てめぇ……」

スキルによる攻撃をクガに防がれたシダハラは怒りを露わにする。

「……別に大丈夫だったのだが……？」

「……そうか」

不満そうなアリシアとクガが背中合わせになる。

「いやしかし、今までずっと後方で見ていただけのクガがやる気を出したのは良い傾向か……」

「……そうか？」

「そうだ。よかろう……ならばこいつはクガに譲ろう。後ろの三人は私がやる」

「わかった」

「吸血鬼《ヴァンパイア》……行かせるか……！　っ……！」

シダハラがアリシアの背中を追おうとするが、巨大な剣が薙《な》ぎ払《はら》われ、それを防ぐのに思わず、ノックバックする。

「はぁん……俺とやろうってのか？　勇者さんよぉ」

「……」

「勝てると思ってるのか？　近接戦で……」

シダハラのジョブ、フェンサーは近接特化の高速剣士。ダンジョンにはＲＰＧゲームのようなレベルやステータスを表すような具体的な数値はないが、ジョブに対して、客観的な評価を下す機関があり、それぞれのジョブの能力値を公表している。それによると、勇者は……。

＝＝＝＝＝＝＝＝＝＝＝＝＝＝＝＝＝＝＝＝＝

【ジョブ：勇者】

攻撃：A　防御：A　魔力：A　魔耐：A　敏捷：A

スキル、魔法：

攻撃、防御、補助、回復など多彩なスキル、魔法を習得可能。

ただし、それぞれの専門職に劣る傾向がある。

特性：

四人のパーティに対し、戦闘中に入れ替わりで、乱入できる〝救世〟を使えるが、あまり使い道がない。

＝＝＝＝＝＝＝＝＝＝＝＝＝＝＝＝＝＝＝＝＝

一方のフェンサーは

＝＝＝＝＝＝＝＝＝＝＝＝＝＝＝＝＝＝＝＝＝

【ジョブ：フェンサー】

攻撃：A＋　防御：B＋　魔力：C　魔耐：C　敏捷：S

＝＝＝＝＝＝＝＝＝＝＝＝＝＝＝＝＝＝＝＝＝

という評価を得ている。

「いいぜ？　わからせてやるよ？　無特徴野郎……！　魔法：加速《アクセル》！」

短剣と大剣がぶつかり合う。

シダハラは敏捷性《アジリティ》に物を言わせて、連撃を仕掛けてくる。

「しかし、救世の勇者があろうことか魔物と手を組むってんだから笑えるよな？」

「っ……」

「あ、勇者詐欺に引っかかるような弱い頭だから仕方ないか……そんなんだから仲間にも捨てられるんだろうなぁ」

「……」

シダハラの連撃と口撃を無言で受けながら、クガは思っていた。

〝あぁ、そうだな……やはり……俺がいなければ、クマゼミはもっと上に行けるパーティだったんだな。それでも俺にとってはあのパーティが全てだった。だから……もう……どうにでもなれ……〟

そして、大剣を上から下へ一振りする。

「なっ……」

シダハラは驚きに目を見開いたまま、左右に分かれて倒れる。その断面からは臓物やら血液やらが噴き出ている。そして、消滅する。ダンジョン外に転送されたようだ。

「え……？　し、シダハ…………ぎゃぁあああああ!!」

「きゃぁあああ」

シダハラが消滅した直後、後方ではアリシアと対峙していたモンスタースレイヤーの残る三名の男女が穴だらけにされていた。

想像以上の一方的な展開にリスナー達はやや引いていた。

【え、強……】

「ついにやりおったなー、クガー」

アリシアがニヤニヤしながら言う。クガは片手で顔を押さえながらも、アリシアの紅刃についた血を触手が吸収していることが視《み》えているくらいには妙に冷静であった。

そうだな、ついにやっちまった。

初めて人間を殺した。

自動蘇生《リライブ》されるとはいえ、リライブは死んでから発動するもの。つまりは一時的に殺していることは事実である。そしてモンスタースレイヤーは二度とダンジョンに再入場することはできない。要するに彼らの積み上げてきたダンジョン生活を終わりにしたのである。しかし、自分《クガ》は吸血鬼《ヴァンパイア》の何者かである。だから、それは早いか遅いかの違いであった。

「どうだ？　初体験を終えた感想は？」

「そうだな……感触は魔物を斬った時と大差はなかった……」

「なるほどなるほど……いい傾向だ」

「……」

と、クガはジョブストーンが点滅していることに気づく。

ジョブストーンの点滅、それはすなわち新たなジョブツリーの出現である。それはクガにとって、かなり久方ぶりの出来事であった。クガが内容を確認しようとすると……。

「クガー、なにはともあれ、これで条件、二つ達成だな！」

そんなことには気づいていないアリシアは、例のメモを取り出し、一生懸命になにやら書き込んでいる。

＝＝＝＝＝＝＝＝＝＝＝＝＝＝＝＝＝＝＝＝＝＝

【SS級ボスになるには】

【済】侵略者を三〇人狩る

【済】A級パーティを狩る

・S級パーティを狩る

・眷属《けんぞく》を従える（S級ボス）

・ボスの城を構える

・SS級ボスの枠を空ける

＝＝＝＝＝＝＝＝＝＝＝＝＝＝＝＝＝＝＝＝＝＝

【パチパチパチ】

【ところで条件ってなんぞ？】

そういえば、リスナーには説明していなかったなと……クガ。

しかし、流石《さすが》にアリシアがラスボスになろうとしている……すなわち人類の脅威になろうとしていることを説明してもいいものかどうかは悩みどころであった。その時であった。

「っ……！」

二人が気が抜けていたところに、何者かがアリシアに急接近して攻撃を仕掛ける。

「っっ……」

アリシアは触手により、なんとかそれを受けるが、身体《からだ》ごと吹き飛ばされ、対角の岩に打ちつけられる。

「え……？」

クガはその人物を見る。

透明感のある青みを帯びた瞳と肩くらいまでの髪にヘッドドレスをつけ、深い青を基調とした修道服をドレス調にアレンジした服装。少し眠そうな半眼気味の表情をしているが、非常に整った顔立ちの平均的な体格をしたその女性は右手には鉄製のゴツい杖を持っている。

クガはその人物をよく知っていた。

【ユリア様きた――――！】

そう。クマゼミのメンバー……聖女のユリアである。

「うわー、びっくりした」

アリシアもどうやら無事のようだ。

「なんだ、貴様……急に殴るとは無節操な……」

アリシアは苦言を呈す。しかし……。

「うるさい、この泥棒猫が……！　私達の覚悟を台なしにしやがって!!」

ユリアはなぜか相当キレていた。

「にゃ……？」

泥棒猫と罵られたアリシアは状況把握できていないのか、きょとんとしている。

【吸血鬼《ヴァンパイア》さん、この方はクガの元パーティの人です】

「あー……なんたらゼミの……」

「〝クマ〟ゼミだ……一番大事なところが抜けてる」

ユリアは眉をひそめ、不満気に言う。

「……？　よくわからんが、クガを追放した張本人の一人というわけだよな？」

「まぁ、そう……」

「今更、何の用だ？」

確かに……とクガも思う。

実のところ、このユリア……追放の時、ただの一言も言葉を発しなかったのだ。要するに何考えているか、さっぱりわからなかった。

「話すのは得意じゃない……とりあえずあんたをぶっ倒す……！」

「っ……！」

そう言ったユリアは地面を蹴り出し、物凄い速度で、再び、アリシアに接近する。杖を振り回し、それをアリシアが触手で防ぐという構図になる。

一撃一撃の威力の大きさを物語るように、二者の接触が起こる度に衝撃波が発生する。

【きたぁあああああ、脳筋聖女！】【ゴリア様〜〜】

【あかん、吸血鬼《ヴァンパイア》さんとゴリア様、どっち応援したらいいんやろ】

ゴリア様。

聖女という魔法攻撃特化タイプにして、得意の光属性魔法を至近距離で叩き込むアグレッシブすぎる戦闘スタイル。ゴリゴリの肉弾戦を好むことから〝ゴリア様〟の愛称で親しまれ、口下手なところや容姿の良さからもユリアはクマゼミで一番人気があった。

「魔法：聖なる騎士《ホーリー・ナイト》」

「っ……」

超至近距離で放たれる魔法に、アリシアは思わず〝瞬間移動〟で退避する。ユリアはすぐに距離を詰めるが、アリシアは紅い壁を形成し、視界から消える。一瞬、左右どちらか迷ったユリアであったが、壁を叩き割ることを選択する。

目まぐるしく入れ替わる攻防。

しばらく二人の息を呑むような激しい戦いは続いた。

「……」

しかし……まさかこれ程とは……。

二人の戦いを見つめていたクガは予想外の戦況に驚いていた……。

あのユリアが次第に劣勢に立たされている。

「っっ……」

「……」

歯を食いしばっているのはユリアだ。アリシアにはまだ余裕があるように見える。アリシアの触手は徐々にユリアの身体《からだ》を掠《かす》め始める。そして……。

「っ……！」

アリシアが隠していた紅石の撒《ま》き散らしにより、ユリアの体勢が崩される。アリシアの口元が歪む。……が、アリシアは動きを止める。

「………どうした？　クガ……」

クガがユリアを守るように二者の間に立っていたからだ。

「治癒《ヒール》」

クガはアリシアに背を向けて、ユリアの方を向き、治癒《ヒール》を施す。掠《かす》り傷程度ではあるが……。

「っ……」

アリシアは顔をしかめる。

「……クガ……」

ユリアはクガを見上げる。少し口元が緩んでいる。しかし……。

「ユリア……去ってくれ」

「え……!?　わ、私……？」

「そう、ユリア……君だ……」

「で、でも……私はまだ……」

そうだろう。これだけでやられるような奴だとは思っていない。まだ互いに手の内の半分も見せていない。しかし、そういう問題ではないのだ。

「クマゼミを脱退した後、どういう巡り合わせか……俺は今、吸血鬼《アリシア》の〝何者か〟になった。悪いが、アリシアに害意ある者を見過ごすことはできない」

「……っ」

ユリアははっとしたような顔をする。そして……。

「え……？」

次に変化した表情にクガは驚く。ユリアは目頭にうるっと涙を浮かべている。

「うわぁあああ！　セラの馬鹿ぁあああああ！」

そう言いながら、ユリアは走り去っていくのであった。

「え……」

【あーあ、泣かせた】【泣ーかせた】【泣ーかせた】

え……？　これって俺が悪いのか……？　ユリアも〝セラ〟って言っていたけど……とクガはアリシアの方を振り返る。

アリシアはなぜかモジモジしていた。

「そ……その……あ……ありがとう……」

「……？」

アリシアは頬を赤く染め、なぜかいつもより静かだった。

◇

「眷属《けんぞく》を従えるぞ！」

「あ、はい……」

ユリア襲来の翌朝、アリシアの仮住まいにて——。

アリシアは溌剌《はつらつ》とした表情でそんなことを言う。

クガは昨日、ユリアがなぜ単独でアリシアを倒しに来たのか、未だ咀嚼《そしやく》し切れていなかったが、元々、物事を深く考えるタイプでもなかったため、それほど悩んでもいなかった。一応、ユリアには、無事に帰れたかだけはメッセージで確認し、「うん」とだけ帰ってきていた。

アリシアも根掘り葉掘り聞いてくるようなことはなく、気を取り直してSS級ボスになるための計画を進めることにしたのであった。その条件の一つが先程、アリシアが嬉々《きき》として宣言した〝眷属を従える〟である。

＝＝＝＝＝＝＝＝＝＝＝＝＝＝＝＝＝＝＝＝＝＝＝＝＝＝＝

【SS級ボスになるには】

【済】侵略者を三〇人狩る

【済】A級パーティを狩る

・S級パーティを狩る

・眷属を従える（S級ボス）　↑　これ

・ボスの城を構える

・SS級ボスの枠を空ける

＝＝＝＝＝＝＝＝＝＝＝＝＝＝＝＝＝＝＝＝＝＝＝＝＝＝＝

「それはいいのだが、（S級ボス）《かっこS級ボス》とあるが、これはS級ボスを眷属に従える必要があるってことで合ってるか？」

「合っている！」

「なるほど……となると、ミノタウロスなどを眷属《けんぞく》にするということだよな？」

「とんでもない！　ミノちゃんは友達だ。眷属になどできるわけなかろう」

「そうか……となると、ミノタウロス以外のどれかということだな」

　S級ボスは八体いる。

　実のところ、最初は〝邪鬼〟と呼ばれる一体だけであったのだが、邪鬼が倒されたら、なぜか八体に増えた。それ以降、一体倒すと新たに別種が一体追加されるようになった。そのため、基本的に常に八体のS級ボスがいる。


＝＝＝＝＝＝＝＝＝＝＝＝＝＝＝＝＝＝＝＝＝＝＝＝＝＝＝

【現在のS級ボスリスト】

・バジリスク　・アラクネ　・人狼　・ミノタウロス（却下）
・スライム　・アンデッド　・妖狐　・機械兵

＝＝＝＝＝＝＝＝＝＝＝＝＝＝＝＝＝＝＝＝＝＝＝＝＝＝＝

　S級ボスの打破は、人間側のS級パーティへの昇格条件でもあり、A級だったクガにとっても未知の領域であった。

「ちなみに眷属ってどうやって従わせるんだ？」

「基本的には自由意思だ。要するに精神的に服従の意思を示してもらうということだ」

「なるほど……」

「ちなみに私の場合はもう一つ、方法がある」

「直接、血を吸うことか？」

「そうだ。だけど、私はそれをあまりやりたくないのだ」

「意外と義理堅いのだな……」

「いや、あまり好みでない血を口にしたくなくてな……」

なんだそれ……とクガは思うが、口に出すのは止めておく。

確かにここ何回かの戦闘においてアリシアは触手に付着した血は触手に吸収させ、クガのものを除いて、自身の口から摂取することはなかった。

アリシアがクガの血を好むのは血液型がＯ型であるからだろうかとクガは考察する。それは、どこかでＯ型の血がよく虫に吸われると聞いたことがあったからだ。要するに、クガはとある昆虫が好む血液型の情報と混同していた。

「で、アリシア、今日のターゲットは？」

「ふふふ……実はもう決めているのだよ」

アリシアはいつもどおりだが、自信ありげに微笑んでいた。

◇

クガはアリシアに連れられ、ダンジョン地下32層に来ていた。

日本ダンジョンは地上から上空に向かう上層と、地上から地下へ向かう下層に分かれていた。上層と下層の階層の難易度はニアリーイコールとなる。例えば上層15層と下層15層の難易度は概ね同じというわけだ。その特徴から〝双頭ダンジョン〟の異名も持っていた。

階層によるが、基本的に高い階層ほど、フロアが広くなる傾向にある。また、一の位がゼロのフロア内部には魔物は出現しない。そのため、10、20、30、40層は人間がキャンプを形成している。特に、10、20層はそれなりの規模の人間の街が存在する。ちなみにアリシアの隠し部屋は地下43層にあるが、現在は主の長期不在により、閉鎖されている。

S級ボスは上下層45層以上に配置されている。

なお49層は特殊であり、上層三区画、下層三区画に分かれており、そのそれぞれに六体のSS級ボスのうち一体が待ち構えているのだが、上層中央区画のみは撃破済みにつき、空席となっている。SS級ボスは人間に撃破された場合、新たに補充されることはないようであった。

「……それで、どこに向かっているんだ？」

地下32層はごつごつした岩肌の続く、典型的な地下ダンジョンであった。

【地下32層といえばあいつらじゃないか？】

【ですな】

【コボルト！】

リスナー達はダンジョンの地理に非常に詳しい。

「そうだ！　今日はコボルトのコロニーに突撃して、一網打尽にするぞ！」

アリシアはいつもどおりだが、嬉《うれ》しそうに言い放つ。

アリシア曰《いわ》く、〝コボルトのコロニーを攻め落として、コロニーまるごと眷属《けんぞく》にする〟という計画であるという。

クガとしては〝計画〟とはもう少しステップを踏んで綿密に立てるものなのではないだろうかと感じたが、ここ二日でアリシアは本能で動き、それでも何とかしてしまう程のパワーを持っていることは理解できていた。と……。

「おい、クガ……」

アリシアがクガに声をかける。

「ん……？」

「なんか人間の女がいるぞ……」

コボルトのコロニーへ向かう道すがら、確かに探索者らしき女性がいた。

「どうする……？」

アリシアの方がクガに尋ねる。クガは聞き返す。

「狩らないのか？」

「相手次第だな。ただ、目的もなく、魔物に対して敵意のない相手を狩るなんてことはしない」

そうなのだなと、クガはアリシアの性質をまた一つ知る。野生の肉食動物も腹が満たされている時は無暗《むやみ》に狩りをしないというが、それと同じであろうかとクガは思う。

「敵意がないかどうかは今時点ではわからないがな。魔物に対して敵意のない探索者の方が稀であろうし」

その逆もしかりではある。

「まぁ、そうだな」

しかし、少し妙ではあった。まず、その探索者は一人きりであった。配信用ドローンらしきものも飛ばしていない。ソロ探索というのは、いなくはないが珍しい。

昨日のユリアのように一人で出歩くことは、腕に自信がある者であっても推奨されることではない。一人きりでいるだけでも妙ではあるのだが、更にその人物はどこか上の空で、明確な目的があって一人でいるようには見えなかった。すると……。

「自動蘇生解除《リライブ》……」

その女性の周囲からきらきらとした粒子が発生し、点滅しながら消えていく。魔法解除のエフェクトである。

「……なにしてんの？　あの人……」

アリシアは眉をひそめて尋ねる。

「ん？　……まずいな。あれは自殺行為かもしれない……」

「へ……？」

クガの発言にアリシアは首を傾《かし》げる。

【リライブの解除ができるってことは……】【そらぁ、再生士だけよ】

【早まるな～！】【貴重な再生士がぁああ】

コメントも彼女の自殺行為を嘆くもので溢《あふ》れる。

ジョブ：再生士。

自動蘇生魔法《リライブ》が使用できる唯一のジョブである。

その再生士が自身にかかっているリライブを解除している。補足すると、自身へのリライブを解くことができるのもまた再生士だけである。

一般的な探索者はダンジョンに入る前に、リライブ専門の保険会社に料金を支払い、そこで働く再生士にリライブをかけてもらう。そうすることで、ダンジョンでの死亡時の自動蘇生が保障され、ダンジョンに入ることができるのだ。ダンジョンの立ち入りでは特殊な検問《バリア》をくぐらなければならず、必ずリライブの付帯有無を確認される。

【つまり、検問を通過しダンジョンに入った後で、自力でリライブを解除することができる唯一のジョブが再生士なのです】

【かなりのレアジョブだし、ほぼ全員がリライブ保険会社のダンジョン外での仕事に引っ張り

だこなわけだからダンジョンにいること自体、稀なんだけどね】

【説明ニキありがとう】

「なるほどなるほど、説明ニキありがとう」

アリシアは再生士と自動蘇生《リライブ》の関係をリスナーに教えてもらい、おおまかに理解する。

「なるほど、クガニキ、これはやるしかないな」

ついでにアリシアは〝ニキ〟の使い方を誤って理解する。

「何をやるんだ？」

「そんなに貴重なジョブなら再生士とやらも眷属《けんぞく》にする」

「え……？」

アリシアはクガの返事など待つ様子もなく、走り出していた。

「おーい、再生士ニキ、早まるなー」

「っっ!?」

アリシアは再生士の女性に突撃していく。再生士の女性は明らかに驚き、肩を揺らす。

【吸血鬼《ヴァンパイア》さんの行動力よ……！】

【惚れる】【数日前に無慈悲に狩られた奴らがいることを忘れるなよ】

【捨てる吸血鬼さんあれば拾う吸血鬼さんあり】

アリシアの存在に気づいた再生士は逃げようとする。

「あ、ちょっと待て」

しかし、アリシアの触手があっという間に再生士を絡め取ってしまう。

「っっっ……！」

そして、触手の先端……紅刃が再生士に向けられる。

「きゃぁあああああ」

「って、おい、アリシア」

「あ……危ない危ない……背中を見せられるとつい狩りたくなってしまうな……」

熊か何かかな？　と思いつつ、クガは口には出さない。

「すみません、一旦、配信停止しますね」

クガはリスナーにそのように告げる。

【え？　なんで？】【センシティブなことかもしれんだろ】

【あー、確かに】【がってん】

配信が止まったのを確認し、クガはアリシアの方を見る。再生士の女性はアリシアの触手にすっかり絡め取られてしまっていた。

「止めないでくださいっ！　私はここで退場するんですよぉ！　あ、いっそその刃でひと思いにやっちゃってください……！」

案の定、再生士の女性はバタバタと暴れて抗議する。

「ふむ。君がなぜ退場したいのか……すまない、私はそんなに興味ない」

「……え？」

「だが、どうせ退場するのなら、最後に快楽に溺れてみないか？」

「へ……？　な、なんなんですか……」

「君……犬は好きかね？」

「犬……!?　ま、まぁ、正直かなり好きですが……」

「おー、それはよかった。ならば、行こう。犬の楽園に」

◇

「クシナといいます……」

アリシアに半ば強引に名乗らされた再生士の名前はクシナというらしい。

ボブスタイルの黒髪に明るい瞳、やや童顔で背は１６０センチくらい。深緑の制服のような衣装は再生士の定番の装いであり、手には背の丈ほどもある木製の杖を持っている。

「うむ、クシナ、よろしくな。ちなみに私達のこと知ってるか？」

「いえ、すみません。特には存じ上げません。ひょっとして有名な配信者さんですかね？」

「いやいや、知らないのならそれでいいのだ。有名かどうかについてはわからぬ」

【結構、有名だぞー】

【今、わりとマジで話題性だけなら一番ＨＯＴと言っても過言ではない】

配信を再開していたので、リスナーが食いついてくる。

「おぉー、そうなのか」

アリシアは嬉《うれ》しそうだが、クガは少し複雑な心境であった。あまり悪い意味で有名になりたくはなかったのだが……いや、しかし自分がやってることってそういうことだよな、と……。

厄介だなと思いつつ、だが、不思議と後悔という気持ちはなかった。

「……？」

リスナーとアリシアのやり取りをクシナは不思議そうな顔で見ている。

クシナにリスナーの声は届かない。

「さて、それはいいとして、ひとまず犬の楽園を選ぶか」

「犬の楽園を選ぶ？　どういう意味でしょう？」

「まぁまぁ、見ておけ」

アリシアはクシナの問いを適当に流しつつ、地下32層を徘徊し始める。

「うーん、ここは……微妙だな」

一件目の物件。見張りにダックスフントのような胴長のコボルトが当たっている洞窟のような砦タイプを見てのアリシアの感想である。

「ここは……ちょっと好みじゃないな」

二件目の物件。見張りに渋いハスキーのようなコボルトが当たっている廃墟のような砦タイプを見てのアリシアの感想である。

「ここは……惜しいな」

三件目の物件。見張りにフワフワしたトイプードルのようなコボルトが当たっているメルヘンチックな城タイプを見てのアリシアの感想である。

そして、四件目……和風な屋敷タイプ。

「お、ここなんかいいんじゃないか!?」

「なぁ、どうだ？　クガ、趣《おもむき》があってよくないか？」

「そうかもな……」

「そうかもなって、割とちゃんと考えてほしいのだが……」

「っ……、お、おう……本当に俺も落ち着きがあっていいと思う」

アリシアが東洋風《オリエンタル》な雰囲気を選んだのはクガにとって少し意外ではあったが、異論がないのは事実であった。

「うむ。では、ここにしよう」

「あ、あのぉ」

「ん？」

「これってひょっとしてコボルトのコロニーでは……？　見張りにいますし……」

　謎に連れまわされているクシナは不安そうに言う。

「ん？　そうだけど？」

「犬の楽園ってそういうことですかー！」

「そうだ。コボルトをモフモフできるぞ？　嬉《うれ》しいだろ？」


「わんおわんお」

　屋敷の入り口にはまず見張りのコボルトがいる。コロニーのタイプにより、コボルトの種類も変わるようで、アリシアが選んだコロニーが和風であることと関係しているのかコボルト達は柴犬のような姿をしている。

　ふっくらとしたほっぺが……。

「わぁああ、かわいいいいい」

　先ほどまで不満げであったクシナも柴犬の前では、その欲望を解き放たずにはいられない。

「わんおわんお」

「かわぁあああ、モフりたいぃいいい」

「わんおーー！」

　がぶり

「っ……！」

不用意に近づきすぎたクシナを守り、クガがコボルトに左腕を噛まれる。

「ナイスだ、クガ。クシナ、気をつけるんだぞ。かわいいけど、結構コボルトは凶暴だ」

「す、すみません……」

「コボルトの弱点は喉元だ。喉元を撫《な》で撫でしてやれば落ちる」

そう言って、アリシアは触手でコボルトの喉元を撫でる。なるほど、確かに大人しくなっている。アリシアはあっという間に見張りの二匹のコボルトを骨抜きにする。

「よし、突入だ」

アリシアは屋敷の中へ、突入していった。

「さて……」

クガもアリシアに続こうとした時。

「あの……！」

「ん……？」

クシナが申し訳なさそうにクガに話しかける。

「そ、その……すみません……」

「あー、いや、まぁ、大丈夫です」

「いや、大丈夫じゃないです！　う、腕を貸してください」

クガは言われたとおり、噛みつかれて穴が開いている腕をクシナに差し出す。

「治癒《ヒール》」

「……」

クシナが掌《てのひら》を向けた患部は、ほんのりと優しい光を放ち、ゆっくりと穴が塞がれていく。

「いい治癒《ヒール》だな」

自分自身も治癒《ヒール》の使い手でもあるクガは感じとる。クシナの治癒《ヒール》は自分のものよりもどこか温かみがあると。

「そうですか？　治癒《ヒール》なんて、初めて使いましたよ。いつも自動蘇生《リライブ》ばかりだから……」

「……そうか」

「これで大丈夫です」

「おう、有難う……」

「いえいえ、こちらこそ……」

「……」

「そ、それじゃあ、行きましょうか。あの方、大丈夫ですかね？」

「あぁ、あいつは大丈夫だよ」

アリシアの方を見ると、こちらに向かって元気に手を振っていた。

「お、おーい、お前ら、なんで来てないんだよ」

「ほらな」

「……はい」

クシナはくすっと笑い、屋敷へ入ろうとする。が……。

「お前ら遅いから、コボルト全員、懐柔し終わった」

「「え……」」

わんおわんおわんおわんお
中からアリシアと大量のわんおわんおが現れる。

【吸血鬼《ヴァンパイア》さん、仕事早すぎ】

【ただのヒール配信で終わってるやん】

「すみません……」


アリシアがコボルトのリーダー格と何やら話し込んでいる。その間、残された二人は若いコボルト達に囲まれ、クシナは子コボルトのほっぺをわしわしと撫《な》でている。アニマルセラピー的なものなのか、笑顔も見せている。手持《ても》ち無沙汰《ぶさた》となったクガは、一旦、配信を停止したこともあり、クシナに尋ねてみる。

「少し訊いてもいいか?」

「……はい」

「つかぬことを聞くが、なぜリライブ解除《あんなこと》してたんだ？　再生士は希少ゆえ、将来は安泰と聞くが……」

「……それですよ」

クシナは遠くを見るように答える。

「……？」

「なんで安泰を選んじゃったんでしょうね……安泰を選んで、リライブ保険会社に入りました。確かに報酬《インセンティブ》はいいし、残業もプレッシャーも少ないホワイト企業です。でも、そのせいで、一昨日もリライブ、昨日もリライブ、今日はサボってきたけど、きっと明日もリライブ……」

「……」

「リライブするだけの人生……誰かのためだってわかってはいますけど、〝誰かのため〟に、なんだか少し疲れました。あっ、一応ですが、自分から死のうとまでは思ってはいませんでしたよ！　ただ、ちょっと変な気分になってたのは事実で……スリルっていうんですかね……？　刺激を求めていたのかもしれません……」

「……そうなのだな」

クガ自身にもかかっている自動蘇生《リライブ》という魔法。

この魔法のおかげで、ダンジョンへの侵入が許可され、挑戦へのハードルも下がり、ダンジョン探索は急速にエンターテインメントとして発展した。

故に再生士というジョブはリライブによる呪いを受けるのかもしれない。

勿論、待遇も悪くないため、やりがいを感じている者も多いだろうが、そうでない人もいるということだ。

「だったら、私の眷属《けんぞく》にならないか？」

「……!?」

先程までコボルトと話し込んでいたアリシアが突如、現れる。

「……け、眷属？　どういう……？」

クシナは困惑した表情を見せる。

「あー、ひょっとしたら気づいていないかもしれないが、アリシアは魔物だ」

「え!?」

クシナは驚愕の表情を見せる。

「いや、確かに翼が生えてるなぁとは思っていましたが………え、じゃあ、貴方は？」

クシナはクガの方を向く。

「人間」

「……!?」

クシナは状況が理解できないようで、口をパクパクさせる。

「ご、ごめんなさい。できません！」

「えっ⁉　何でですか⁉」

「魔物の眷属《けんぞく》になるのは、流石《さすが》にそれは…………お母さんに怒られます」

「そうか……」

アリシアは肩を落とし、しょんぼりする。

クガは、いや、自殺行為の方が怒られるだろ……と思うが、口に出すのは止めておく。

「……ですが、こんな無茶苦茶なことしてる人が世の中にはいるんですね」

「あぁ、そうなんだ」

クガは本当にアリシアは無茶苦茶なんだと思い、苦笑いする。

「クガ……！　お前のことだぞ……！」

「……！」

クシナも何回も頷《うなず》いている。

そして、言う。

「私も……」

「……？」

「私も少し殻を破ってみようかな……」

「じゃあ、私の眷属に……！」

「それはダメ！　お母さんに怒られる」

「……そうか」

こうして、アリシアはコボルト達を眷属にすることに成功し、クシナを眷属にするのは失敗するのであった。

◇

ダンジョン地下32層でのコボルト従属化を終えたアリシアとクガは魔物の街へ戻って来ていた。

魔物の街は出るときはどこからでも出られるのだが、入るときはいつも同じところに出て、仮住まいまで歩いて帰る必要がある。

帰り道、アリシアはまた青果店に立ち寄る。青リンゴを購入するようだ。クガに気を遣ったのか二つ、買おうとしている。

「アリシア、お金を払わせてくれ」

「え……？　いいのだぞ？　これくらい」

「いや、実はアリシアとの配信でそこそこの報酬《インセンティブ》が発生している」

「いんせん……てぃぶ？」

「あー、要はお金だ」

「……！」

「配信はリスナーが多い程、お金が貰《もら》える仕組みなんだ。アリシアがいなかったらこんなにリスナーがいなかったと思う。だから払わせてほしい」

「……わかった」

「あぁ……」

　そうして、クガは手持ちの現金500円をアリシアに渡す。

「ちなみにアリシア……MayPayは使えないよな？」

　クガは思い切って、魔物の街で電子マネーが使えるのかを聞いてみる。インセンティブは基本的に電子マネーでしか引き出せない。クガは手持ちに多少、現金も持っているが、それが尽きると、一度、人間の街に戻らなければならない。

「めいぺい？　なんだそれ……？」

「そうだよな」

「ちなみにつかぬことを聞くが、以前、お金が毎日、いくらかずつ支払われると聞いたが、どのように支払われるのだ？」

「ん……？　これだ」

　アリシアは千円札をぴらぴらと見せる。

「え……？」

「これが毎日、ポケットに五枚入ってる」

「なるほど……」

日給5000円か……とクガはひっそりと思う。同時にやはり一度、人間の街に戻る必要性があると認識する。

「わかった、ありがとう」

と……。

「お客さん」

店員の魔物に話しかけられる。

「……！　あ、すみません、すぐにお支払いします」

「いや、お客さん、そうじゃなくて……使えるよ」

「……？」

「だから、MayPay使えるよ」

「「!?」」

「いや、まさか、あんな魔法のようなことができるなんて知らなかったよ」

クガと青果店の店員がMayPayによるやり取りをしている間、アリシアは口をあんぐり開けて、眺めていた。

「後で生活のマニュアルを確認しておくか……」

クガはそういうものがあるのだなと一旦、納得する。

「あ、あと……すまんが、俺はアリシアより少し燃費が悪いので、もう少し食べる必要がある。特に鉄分を摂取する必要がある」

「鉄分……？　よくわからないけど、わかった」

そうして、クガは穀物と肉を入手する。

その様子を見ていたアリシアは〝え？　そんなに食べるの？〟というように、再び口をあんぐり開けていた。クガの食べる量は吸血鬼《ヴァンパイア》より遥かに多く、常人よりも少し多い。

買い物を終え、メインストリートから外れた脇道へ出る。魔物の行き交いも減ったため、クガは気になっていたことを確認する。

「ところで、コボルト達とはどんな話をしたんだ？」

「あー、これだ」

アリシアは指輪のようなものをクガに見せる。

「何か困ったことがあれば私を呼べるようコボルト達にこの指輪を渡してきた」

「……召喚的なあれか？」

「そうだ」

「つまり、コボルト達は、好きな時にアリシアを召喚できるようになったということか？」

「そうだ」

「……」

それは、もはやアリシアの方が眷属《けんぞく》では……と思うクガ。口には出さぬが、その微妙な表情にアリシアも気づく。

「クガよ。私がただ、コボルトのモフモフにほだされて、彼らの眷属に成り下がったと考えてないか？」

え、違うの……？　と思うクガ。

「やはりか……！」

アリシアは少し眉尻を吊り上げている。

「あのなぁ、確かにモフモフは至高だ。だが、勿論それだけじゃない。この指輪はな、逆に呼び出すこともできるのだ。このようにな……」

「え……？」

アリシアの目の前にワープエフェクトのようなものが発生する。

「……！」

ワープエフェクトから跪《ひざまず》いた大型のコボルトが出現する。

「……わんわんお」

〝わんわんお〟もどこか重厚な雰囲気だ。

「あー、すまない。召喚が上手くいくかの検証だ」

「わんお」

コボルトはアリシアの言葉を理解しているようだ。どうやら喋《しゃべ》ることはできないが、意味を理解することはできるようだ。リスニングはできるが、スピーキングができないみたいなものだろうかとクガは思う。

「彼はあのコロニーのボス……えーと……名前は……」

「わわんお」

「………どうやらコボルというそうだ」

「わんお……」

コボルと呼ばれたコボルトは心なしか元気のない返事をする。

今、適当につけたわけじゃないだろうな……とクガは眉をひそめる。

「わんわんお」

「あ、ごめん、本当に検証で呼んだだけだから帰っていいぞ」

「わんお」

「またなー」

「わんおー」

そうしてコボルはまたワープしていく。

「……まぁ、確かにいつでも呼び出せるのは便利だな」

「うむ。ただし、また召喚をするには少し時間を置く必要がある」

「なるほど……無条件に何度でもというわけにはいかないんだな……」

「あぁ。それにな、これ以外にも彼らには重要な役割があるからな」

アリシアは嬉《うれ》しそうに微笑んでいたが、その役割がわかるのは少し先の話である。

◇

「なぁなぁ、クガー」

仮住まいに戻ると、アリシアが何やら声をかけてくる。

「どうした？」

「配信というのは、当然、我々以外にもやっているのだろ？」

「そうだが」

「実は、少し他人の配信に興味が湧いてきた」

「お、おう」

「観られたりしないのか？」

空間ディスプレイを使用すれば、いつでも閲覧が可能だ。

「……観られる」

「観たい！」

クガは一瞬、何か問題になることはないだろうかと考えたが、特に断る理由もなかった。

「……わかった」

クガは空間ディスプレイから配信アプリを開く。

「あ、ちょうどやってるじゃん」

「……」

「あ！　あいつ……！」

アリシアは見覚えのある女性を指差す。

デフォルトで表示される設定になっていた。クマゼミチャンネル――。

「これはひょっとして、クガを追放したパーティかな？」

「そうだ」

クガはあの日以来、初めてクマゼミの配信を視聴する。大きな変化として、新しいメンバーが加わっていた。ヒーラーらしき神官のような白いローブを身に纏《まと》った丸眼鏡の男性だ。

しかし、どういうことだ……と、クガは画面内の光景に疑念を抱く。

「なぁ、これ？　本当にクガの元仲間か？」

「あ、あぁ……」

「それにしては……覇気《はき》がないな……」

アリシアの指摘のとおりであった。

＊＊＊

無骨な岩に囲まれたドーム状の空間――。

人間よりいくらか大きい白い骸骨《がいこつ》がロングソードを振り下ろす。

「っ……！」

騎士風の衣装に身を包んだ金髪の男が応戦している。

パーティ〝クマゼミ〟の剣聖セラだ。白い骸骨が持つものと同様のロングソードで骸骨の一撃を受け止め、金属がぶつかり合う音が洞窟内に響く。更にその後ろにいた黒い骸骨がロングアックスを振り下ろす。

「っっ」

セラはそれをなんとか回避する。

A級モンスター〝ツイン・スケルトン〟。

白と黒の二体のスケルトンがセラに激しい攻撃を仕掛ける。

「っ……、サイオン、やはり私が前に出る」

その光景を後方で歯痒《はがゆ》そうに見ていた聖女のユリアが新しく加入した神官にしてヒーラーを務めるサイオンにそのように言う。

「いや、それは愚策だ」

「っ……」

「セオリーどおり、ヒーラーである僕を守ってくれないと」

サイオンはユリアの発案を却下する。事実、パーティにおいて最後まで失ってはならないのは回復特化のヒーラー。これは最も基本的なセオリーであった。

「で、でも……」

「ぐぁああ！」

「「っ……！」」

前線で戦うセラの叫び声が聞こえる。スケルトンの攻撃を受け、脇腹から血が出ている。

「いけない……治癒《ヒール》！」

サイオンの治癒魔法により、セラの傷は即座に塞がる。

【流石《さすが》、サイオンさん】

【これだけ離れていても凄い修復速度】

【S級パーティのルユージョンの弟子というだけあるなぁ】

サイオンを讃えるようなコメントがつく。

【うーん……】【なんかちょっと間延びしてる感じ？】

一方で多少、違和感を訴えるようなコメントもついていた。

「っ……聖なる騎士《ホーリーナイト》！」

ユリアがセラを援護すべく、離れた位置から魔法を放つ。騎士を象《かたど》ったような光がスケルトンを襲う。しかし、簡単に避けられてしまう。

「あぁ……ドンマイドンマイ……」

「っ……」

サイオンに励まされたユリアは眉間にしわを寄せる。

それに気づいた付与術師のミカリがユリアの名を呼ぶ。

「ユリア！」

ミカリは淡い桃色のジャケットにへそ出しのショートパンツ。オレンジのボリュームのある髪を両サイドで結った少々、派手なスタイルであるが、垂れ目気味の優しそうな女性である。

ミカリがユリアの名を呼んだのは〝冷静になろう〟の意であった。

「……わかってる」

「あー、ミカリさん、そろそろ付与切れそうだから、お願いします」

「っ……まずは前線のセラに……」

「え？　それは愚策だよ。まずはセオリーどおり、ヒーラーである僕を守ってくれないと……」

【サイオンさんはいつでも冷静だなぁ】

【これだからここまでノリで来たパーティは……】

「皆、僕を応援するのは有り難いけど、パーティを貶《けな》すのはやめてくれ」

サイオンは苦笑い気味に言う。

「ユリアさん、ミカリさん……大丈夫……これから少しずつ成長していけばいいんです」

【お前も愚策とか言って、ユリアやミカリを貶してるやろ】

【は？　サイオンさんが言ってることが間違ってるっていうの？】

【貶してるんじゃなくて指導でしょ笑】

【新参が……】

【はっ？　古参アピ？　だっさ。老害帰れよ】

【サイオンさんがこのパーティ入ってくれただけでも有り難く思えよ】

コメントも殺伐《さつばつ》としてくる。

「…………わかりました」

結局、ミカリはサイオンに防衛強化の付与魔法をかける。

「っ……」

セラは相も変わらず、前線にて孤軍奮闘していた。

＊＊＊

「なんかこの聖女、私と戦った時はもう少し強かったけどなー」

配信を観ていたアリシアがユリアを指差してそんなことを言う。

「……そうかもな」

「あ、そうだ。ねぇねぇ、クガ、これってコメントとかってできるの？」

「え、そうだな。できるけど」

「私も応援してみたくなったぞ（スケルトンを）」

「お、おう」

なんで……？　とクガは思う。

「で、どうやれば、コメントできるんだ？」

「えーと、直接、声を届けることもできるし、文字を音声に起こして送ることもできたはず」

クガは自身でコメントをしたことがなかったので、うろ覚えであった。

「なるほど、じゃあ、文字起こしでっと」

アリシアはパネルを操作して、コメントを入力していく。この時、クガはすっかり忘れていた。コメントには発信者の名前がつくことを。

【クガ：がんばえー】

あ……やべ……誤爆《ごばく》った。

＊＊＊

「「っ……！」」

「ねぇ……ミカリ」

「うん……」

ユリアとミカリはアイコンタクトをする。

【クガ来てるやん】【クガさん……】

【誰、クガって】

【追放された奴じゃね？】

【魔物と配信してるやべえ奴じゃん】

「ごめん……ミカリ……私、やっぱり……」

ユリアは俯《うつむ》きながら僅かに震えた声で呟《つぶや》く。

「ユリア……？」

「うぉおおおおおおおおお！」

「っ……!?」

ユリアとミカリの二人は驚く。突然、セラが叫び声を上げながら、スケルトンに突撃していったからだ。

「舐《な》めんなよ、畜生！　骨兄弟がぁあああ！」

＊＊＊

「あー、スケルトンがぁ」

アリシアが肩を落とす。

アリシアの応援により、突如、リスクを取った立ち回りに切り替えたセラがスケルトンをなんとか撃破したのであった。

しかし、今回のクマゼミの苦戦はクガにとっても、予想外なのであった。

◇

出会いは高校時代――。

高校三年、新学期――。

あいうえお順で機械的に並べられた席順。右から二列目、後方の席を自席と定められたクガの左隣の席にいたのが、セラであった。クガはセラのことを知っていた。彼は高校時代から金髪で、学年でも目立った存在であった。校則違反であるはずの金髪だが、文武両道であり、教師に対しても上手く立ち回っていた彼は口頭注意のみで、実質的に黙認されていた。

そんなセラが隣の席になり、無口で目立たないモブキャラとして高校時代を送っていたクガは内心、少しドキドキしていた。と……。

「クガくんだよね？　よろしく！」

「あ、おう、よろしく」

セラはいわゆる〝本物の陽キャ〟だった。

比較的、明るいメンバーと一緒にいることが多いものの、カースト下位の相手にも分け隔てなく接していた。カースト最上位の彼がそのようにすることで、周囲もそれに引きずられ、クラス全体の雰囲気が悪くならなかった。故に教師からも一目置かれていたのだ。

クガはセラがただ分け隔てなく接してくれているだけだと思っていた。それは社交辞令に近いものだと。しかし……。

「クガ～、購買いこうぜ～」

「あ、おう」

セラはまるで本当に仲のいい友人のようにクガに接してきた。クガもそんな彼の陽オーラに当てられたのか、少し前向きになっていた。

しばらくして、席替えがあった。クガとセラの席は離れた。

これで彼もまた次の友人に鞍替えするのだろうと思った。しかし……。

「クガ～、トイレいこうぜ～」

「いや、一人でいけよ……」

「まぁ、そう言うなって！　寂しいだろうがよ」

またある時は……。

「クガ～、一緒に帰ろうぜ～」

「お、おう」

セラは他の友人とも仲が良かったが、それでも割とクガと一緒にいる割合が多かった。

一年はあっという間であった。二人は別々の道へと進むこととなった。

これで、セラとも疎遠になるのかとクガは思っていた。

しかし、卒業後のある日、クガはセラにグループチャットに招待される。それは、クラスで目立っていた者達が集められた十人くらいのグループであった。クガにとって、まともに話したことがあるのはセラだけであり、正直、場違い感があったが、できた人間が多く、皆、温かくクガを迎え入れてくれた。その中には、ユリアやミカリもいた。

美少女として有名であったが、近寄りがたい雰囲気を醸しだしていたユリアがいたのは少し意外だったが、どうやらミカリと仲が良かったようだ。

そのグループは他のメンバーにとってはいくつかある仲の良いグループの一つに過ぎなかったのだろうが、クガにとっては唯一無二のグループだった。

あまり自分から話すようなことはなかったが、誘われれば、極力、参加するようにした。参加するうちにクガもセラ以外のメンバーとも少しずつ話せるようになっていった。

そして、大学に入ってしばらくした時、セラがダンジョン配信を始めたいと言い出したのだ。

「この中で、ダンジョン配信やりたい奴いないー？　有名配信者になろうかと思いまして」

しかし、最初の一人がなかなか現れなかった。

クガは少し迷っていた。そんな状況で。

「クガ～、ダンジョンいこうぜ～」

「……！」

セラはクガを誘った。それはまるで高校時代にトイレに誘うような軽いノリであった。だが、クガは了承した。セラを応援したいと思った。

クガが参加を表明すると、意外にもすぐにユリアが続いた。そして、女の子がユリアだけでは心配だからとミカリが続く。

実際、ダンジョン配信を始めてみると、クガは楽しかった。何がと言われると上手く説明できなかったが、とにかく苦痛でなかった。セラだけじゃなく、ユリアやミカリの新たな一面を知ることもできた。

「そろそろちゃんとしたチャンネル名決めようぜ！」

「あー、いいね、そういうの！」

セラの提案にミカリが反応する。いつもの光景だ。

「どんなのがいい？」

「うーん、ベタだけど、皆の名前から一文字ずつ取るとか？」

「あー、いいね！　そういうの好き。となると、セ、ミ、ク、ユか……これを組み合わせて、なんかいい単語ある？」

「「「「……」」」」

絶妙にいい単語がなかった。

「クガ～、なんかいいのある？」

「えっ……そうだな……ちょっと思いつかないのだけど、惜しいのが、クマゼミかな……ユをちょっと歪ませて、濁音をつける必要があるけど……」

「なるほど！　俺は別にいいんだけど、ユリアはそれでも大丈夫？」

「クガが言うなら受け入れる」

そんな風に割と安直にチャンネル《バーティ》名が決まったのである。

継続的に活動を続けていくと、セラの容姿とトーク力、ミカリの容姿と包容力、そして、ユリアの容姿とギャップのあるキャラクター性が受けて、少しずつリスナーが増えていった。

いつしか冗談に近かった〝有名配信者になる〟というものも現実めいたものになっていた。

だから、クガは彼らの夢を終わらせたくなかった。

それがクガの目的となっていた。

そのために陰ながら努力した。

基礎的な身体能力の向上にも努めた。当時、最先端であった構築理論も学んだし、当然、武具の訓練も我武者羅《がむしゃら》に行った。人生で初めて何かに真剣に打ち込んだ。努力は辛く感じることもあったが、なんとか継続することができた。

彼らを退場《リタイア》させないこと。その目的があったから。

それが如実に現れたのが、クマゼミにとって、初めてのB級モンスター〝オーク〟との対決であった。

オークとの戦いは熾烈《しれつ》を極めた。

だが、長い戦いの末、なんとかオークを追い詰めるに到っていた。しかし、オークが最後のあがきとして、持っていた斧を投擲《とうてき》したのである。至近距離で戦闘していたセラはオークの予想外の行動に間合いを見誤り、反応が遅れていた。

その時、当時、ジョブ：戦士であったクガは身を挺してセラを守ったのである。

正直、死んだと思われた。

それ程に腹に深い傷を受けたのだ。

そしてクマゼミには〝致命的な欠陥〟があった。

パーティにヒーラーがいないこと。誰も適性がなかったのだ。

そのことに気づいていながら、それでも誰もメンバーを変えるなんてことを仄めかすこともなかった。その絆が大一番での惨事を招いた。

だが、その時、倒れるクガのジョブストーンが光り輝いた。

彼は一命を取り留めた。

〝勇者〟となったクガは自身へ治癒《ヒール》をかけたのだった。

クマゼミはヒーラーを手に入れた。

クガもパーティを守ることができるのならと喜んだ。

だが、それはクマゼミが中途半端にヒーラーを手に入れてしまった瞬間でもあった。

それがその後のクマゼミの発展を阻害してしまった。

クガはそのように考えていた。

三章　S級ボス

「おーい、クガー」

「……？」

「どうした？　なんか思い詰めた顔して」

「いや……」

「しっかりしてくれよ？」

「あぁ……」

クガはアリシアと買い出しへ向かう道中、少しぼんやりとしていたようであった。

【がんばえー】【がんばえー、クガー】

「……」

リスナーからのイジりにクガは苦い顔をする。

昨日の誤爆《ごばく》が尾を引いているようだ。

「って、あれ？　あそこにいるのは……」

「ん……？」

目線の先には巨大な牛の頭をもつ魔物の背中が見えた。

【ミノちゃん来たー!!】【ミノちゃんコラボか!?】

「おーい、ミノちゃーん」

「ひゃあっっ！」

　アリシアがミノタウロスに声をかけると、ミノタウロスは想像以上に驚き、その筋肉質な肩を揺らす。

「な、なんだ……吸血鬼《ヴァンパイア》ちゃんか……」

「ど、どうしたんだ？　ミノちゃん……そんなに驚いて……」

「い、いや……別に何でも……」

　ミノタウロスは目を逸らす。

「ん……その顔は何か隠しているな？　私にはわかるぞ」

「そ、そ、そ、そんなことないよぉ」

　隠しているなぁ……とクガ。

【明らかに隠してるなぁ】【露骨で草】

【わかりやすいミノちゃん、かわええ】

「水臭いぞ、ミノちゃん、私達の仲じゃないか、言ってごらんよ」

「う、うん……そうだよね……わかったよ……実は……」

　ミノタウロスは腰をかがめ、アリシアに耳打ちする。アリシアはふむふむと聞いている。

【なんだろう】【気になる……】

「じ、実はね……私……今、ストーカー被害にあってて……」

【ミノちゃん、ごめん、めっちゃ聞こえてる】

【こんなか弱い女性を……】【許せん】

【クガ、犯人をやれ】

ミノタウロスの可愛らしい声は通りやすく、ひそひそ声が丸聞こえであった。

「な、なんだと……!? それは許せない。大丈夫! ミノちゃん、私達が撃退するから……!」

「え……？ 本当……？」

「勿論じゃないか」

こうして、アリシアとクガはミノタウロスのボディガードをすることとなった。

「よかった……これでお家に戻れる……」

聞くとミノタウロスは数日前から不審な気配を感じ始めたそうだ。それは次第に確信へと変わり、今日は怖くて人通りの多い大通りに避難していたという。

その巨大な斧で、一思いに叩き潰せばいいのでは……？ とクガは思ったが……。

【なんて気の毒な……】

【卑劣なストーカー……絶対に許せねえ】

【犯人は万死に値する】

なぜかリスナー達からはそういった意見は出てこない。そうこうしているうちにミノタウロスの家に辿り着く。ミノタウロスの家はアリシアの仮住まいをそのまま三倍にしたような家であった。

「はぁ、よかった……怖くて飛び出してきちゃったけど、水をあげるのを忘れてて……大切に育ててたから、本当はとても心配だったの……」

そんなことを言いながら、ミノタウロスは庭の家庭菜園に水を与えている。

「この野菜は一日、水をあげないだけでも、枯れちゃったりするみたいだから……」

クガも見ると、トマトのような野菜が実をつけている。赤い実もあれば、緑の実もあり、ちょうどもうすぐで収穫できるといった頃合いのようであった。ミノタウロスはそんな植物達を愛おしそうに見つめている。

【あかん……誰だ、ミノちゃんをS級ボスに設定した奴は……】

【こんな優しい子、討伐できるわけねえだろ】

【誰かがミノちゃんを討伐しようと言うなら、おそらく俺はミノちゃんを応援する】

「お前達、わかってきたじゃないか」

アリシアは妙に満足げだ。その時だった。

「「「っっ！」」」

アリシア、ミノタウロス、そしてクガの三名は只ならぬ気配を感じる。

「ミノちゃん、これか？」

「う、うん……だけど、今までより遥かに強い気配を感じる」

「クガ、ひとまず庭の外を探すぞ……！　ミノちゃん、怖いと思うけど、ついて来て！　多分、私達といる方が安全だ」

「うん」

そうして、三名は庭を囲っている生垣《いけがき》を越えて、庭の外へ出る。

すると、生垣に張りつくように内部を窺《うかが》っていた者がいた。

その者はゆっくりと三名の方に振り返る。

その者は二足歩行……上半身が狼の姿の魔物であった。ミノタウロスに負けず劣らずの巨体である。

【でけえ】【おいおいおい、まじか】

【こいつってひょっとして、S級ボスの人狼……？】

【人狼って、わりと最近、サラマンダーと入れ替わりで追加された奴だよな？】

「ん……？　そうなのか？」

＝＝＝＝＝＝＝＝＝＝＝＝＝＝＝＝＝＝＝＝＝＝＝＝＝＝＝＝＝

【現在のS級ボスリスト】
・バジリスク　・アラクネ　・人狼　↑　こいつ？
・ミノタウロス　・スライム　・アンデッド　・妖狐　・機械兵

＝＝＝＝＝＝＝＝＝＝＝＝＝＝＝＝＝＝＝＝＝＝＝＝

「おい、人狼とやら、ミノちゃんに何の用だ!?」

「……僕はただミノタウロスに危害を加える者がいないか監視していただけだ」

「え……？　そうなの……？」

「そうだ……ミノタウロスを守ることができるのは僕だけなんだ……」

「ひっ、なんなんですか!?　あなたのことなんか、知りません」

「またまたそんなこと言って、ミノタウロスは恥ずかしがり屋だなぁ。まぁ、そんなところが可愛くもあるのだけど……」

【魔物の世界にもいるんですね……】【これは真正ですね】

【ミノちゃん、逃げてぇえええええ】

「それなのに……どうして……ミノタウロス……」

「……何？」

「どうして人間などと……」

人狼らしき魔物は嘆くように言う。

「人間などと関係を持つと、Ｓ級としての君の品位が……君の美しさが失われるではないか」

「と、友達の何者かを悪く言うのは止めてください！」

「ミノちゃん……」

アリシアは横に立つミノタウロスを見上げる。

「いいんだ……ミノタウロス、か弱い君は彼らに洗脳されているのだろう……可哀相に……」

「違います」

「出会いは花屋だった……可憐な君に、僕はほとんど一目惚れだった……」

【なんか始まったぞ】

【唐突な自分語り】

その後、しばらくストーカーのミノタウロスへの一方的な想いを聞かされる。

ひと通り話すと満足したのか……。

「まぁ、いい……今日のところは引く……また会おうじゃないか……」

「引いてるのはこっちです」

「っ……」

【草】【たし蟹】

ミノタウロスの辛辣《しんらつ》な言葉に若干、狼狽《うろた》えた表情を浮かべつつ、人狼らしき魔物はワープエフェクトと共に消えていく。

「「「……」」」

一瞬の静寂の後、アリシアは覚悟めいた口調で言う。

「……クガ、決めたぞ」

「ん……？」

「……人狼《あいつ》を眷属《けんぞく》にするぞ」

「……」

ええ……ちょっとやだなぁ……と思う、クガであった。

◇

「ここが人狼の城か」

目の前には古い洋館のような建造物がある。

ダンジョン地下45層——。

アリシアとクガはそこに来ていた。

【吸血鬼《ヴァンパイア》さんの行動力よ】

【まさか人狼も当日に攻め込んで来るとは思ってないだろうな】

初めてのS級ボスに突如、挑むこととなり、クガも多少、緊張する。アリシアがいるとはいえ、たったの二人……通常であれば四人パーティで万全の準備を整えて挑む相手。あの人狼を眷属にするという目的自体にあまり乗り気になれないのもあるが、単純に戦力的に大丈夫なのだろうか……と思う。

「見張りもいないみたいだし、さっさと入場するぞ」

アリシアにはそのような恐怖感はないらしく、正面からスタスタと入場していく。

「……？　誰だ……!?」

アリシアがあまりに堂々と入場するものだから、中にいた者達は一瞬、戸惑い……そして警戒する。

洋館に入ると、そこはかなり広いホールとなっていた。

そして、二足歩行で上半身が狼の姿の魔物が数体いた。今日、ミノタウロスをストーキングしていた魔物よりは一回りか二回り小さな個体達である。

人狼と区別するために、〝狼男〟と呼称されているようだ。

「誰って……吸血鬼《ヴァンパイア》だ。この城にいるボス、人狼を眷属《けんぞく》にするためにやってきた」

「っっ……！　謀反者《むほんしゃ》だ！　ボスをお護《まも》りするぞ……！」

そう言うと、狼男達は一斉にアリシアに襲いかかる。

しかし、次の瞬間には、アリシアから伸びた触手が次々に狼男達に穴を空けていく。

「ぐぁあああああ！」

「ふむふむ……これくらいの強さか……しかし数はそれなりにいるな……」

洋館内部から次々に狼男達がホールに入ってくる。

「ならば……」

アリシアは右手を前に出す。

そして、その中指にはめられた契約の指輪がぼんやりと光り出す。

【ん？　なんだ？】【何が始まるってんだ】

次の瞬間、アリシアの周りに大量のワープエフェクトが発生する。

そして、ワープエフェクトの中からは、きりっとした表情の柴犬コボルト達が現れる。

「「「「「わんおわんおー!!」」」」」

【柴犬部隊きたぁあああああ】【かわよ】

【なんだこれ？　召喚的なやつか？】

コメントは盛り上がる。

一方、急な出来事に狼男達もたじろいでいる。

「わんお」

そんな中、柴犬コボルトのリーダー、コボルが重厚な「わんお」でアリシアの指示を仰ぐ。

「奴らをやれ……補助はする」

そう言うと、アリシアは自身の左手親指を噛み、そこから出た紅い光を柴犬コボルト達に振り撒《ま》く。クガにはそれが強化《バフ》の効果であるとすぐに理解できた。

ミカリがかける付与魔法と類似のエフェクトが発生したからである。

【え、なにそれ？　俺にもかけて】

【吸血鬼《ヴァンパイア》さんのけしからん血液を浴びるように浴びたい】

特殊性癖の持ち主達もにわかに活気づく。

「はぁ!?　けしからんくないわ！」

アリシアは少しぷんすかする。と……。

「有り難き幸せ」

「っ……!?」

【しゃべったあああああああああ】

【さっきから何がどうなってんねん】

【めっちゃイケボやん】

アリシアの血により強化《バフ》されたコボルは言葉を口にする。なお、コボルの声はダンディであった。

「よし、コボル、奴らは頼んだぞ」

「承知しました。ただ、主《あるじ》……一点だけ……私の名は〝ワワンオ〟になります」

「そ、そうか……す、すまない……」

たじたじとするアリシア。

やっぱり適当につけただけじゃないかと……クガ。

しかし、そうなると他のコボルト達もワとンとオを組み合わせた名前なのだろうか……それは流石《さすが》に覚えられない……と心配になるのであった。

「では、行くぞ！　野郎どもぉお！　主《あるじ》に報いるのだ！」

「「わんうおぉおおおおおおお!!」」

雄叫びと共に柴犬コボルト達が狼男達に向かっていく。

【うぉおおおおおおお、熱い！】

【頑張れ、柴ルト達ぃいい！】

「さ、ここはワワンオ達に任せて奥に行くぞ。クガ」

「お、おぅ……」

アリシアはそう言うとホールの両脇にある二階へと続く階段の右に向かっていく。

「行かせるかぁああああああ！」

「っ……！」

なおもクガ達の行く手を阻もうとする狼達。しかし、ワワンオがそれを払いのける。

「ぎゃいん」

「大丈夫ですか？　主《あるじ》」

「あぁ……ありがとう」

アリシアの侵攻を妨げようとする狼男を柴犬コボルトが仕留める。

アリシアは何事もなかったかのように、歩いて階段を上り始める。

階段を上り切るとそこは廊下となっていた。廊下の両脇は扉が続いている。アリシアは大して躊躇《ちゅうちょ》することなく、手前から次々に扉を開けていく。しかし、部屋の中はどれも、もぬけの殻であった。そして最も奥の部屋の扉を開く。

「あ……」

そこにはミノタウロスをストーキングしていた魔物が大きな椅子に脚を組んで座っていた。やはり通常の狼男よりも一回りか二回り大きい。

「よぉ、また会ったな」

アリシアはにやりと微笑む。

「くっくっく……まさかそちらから来てくれるとはね……僕のミノタウロスを誑《たぶら》かす君達を合法的に始末できる」

【僕のミノタウロスって……】

【俺のなんだが】【いや、俺だろ】

リスナー達がミノタウロスの所有権を主張していたその時、ドローンが何かを映し出す。

「ん……？」

人狼の脇に、首輪で鎖につながれた人間とおぼしき女性がへたり込むように座っていた。

【誰かいる】【え……？　探索者か？】

「……なんだ？　その子は……？」

「あ？　まぁ、趣味みたいなものだ……」

「悪趣味な……ミノちゃんもそうやって束縛するのだろう？」

「は？　するわけがなかろう……！　彼女は特別だ……！」

「戯言《ざれごと》を……クガ、その子を連れて行ってやれ」

「いいのか？」

「あぁ……人狼は私がやる」

「わかった。ある程度、安全なところへやったら戻る」

そうして、クガは鎖を断ち、女性を部屋の外へ連れ出す。

「やはり、お前は少し分からせてやる必要がありそうだな」

「それはこっちのセリフだ……」

アリシアと人狼が対峙する中、クガは人狼に囚われていた少女を部屋から連れ出す。

「大丈夫か？」

「……はい」

ひとまず言葉はしゃべれるようであった。その女性は比較的若く見えた。

といってもダンジョンにはアンチエイジング効果があるといわれており、特に女性でダンジョンに潜っている者は実年齢よりかなり若く見えるため、実際の年齢を推定するのは難しい。

ダンジョン探索にそこそこ女性が多い裏の理由である。

また、人狼の趣味なのかひどく傷んだ服を身に着けており、クガは気の毒に思う。

「ひとまずこっちへ」

「あ……はい」

クガは彼女をひとまずもぬけの殻であった別の部屋に避難させることにする。

＊＊＊

「っ……！」

紅の触手が人狼に襲いかかる。人狼は頑強な爪でそれを弾くようにして防ぐ。

【やっちゃえ、吸血鬼《ヴァンパイア》さん！】

【魔物同士のガチバトルって初めて見るかも】

【悪役VS悪役って意外と燃えるな】

クガはアリシアの方にドローンを残していた。理由はシンプルで、絵面を考慮してのことだ。ドローンさえ残しておけば、ドローンの抜粋コメント音声発信機能により、アリシアはコメントの一部を聞き取ることができる。

「悪役じゃないっての！」

アリシアはコメントに少し不満げではあったが、攻撃の手を緩めることなく、人狼を攻め立てる。

「っ……」

やや劣勢に立たされている人狼は、力強く地面を蹴り、触手から逃れるべく、横に逸れる。

「っ……！」

が、しかし、アリシアは瞬間移動でもって、その距離を詰める。

人狼は避けることを諦めたのか、その鋭く巨大な爪をアリシアの華奢《きゃしゃ》な身体《からだ》に向けて、振り下ろす。

しかし、そこにアリシアの姿はない。

「遅いな」

再び瞬間移動を使い、今度は人狼の背中を取る。人狼はすぐさま下がりながら反転しようとする。しかし……。

「ぐぁあ！」

アリシアの触手の先端、紅の刃が人狼の身体を捉える。

「い、痛えぇ……」

人狼は左太もも、脇腹を損傷している。

【つっよ……S級ボスを圧倒か……】

【ボス強さ考察でも吸血鬼さんはS級ボスより強いってされてたけど、まさかここまでとは】

【うぉおおおお！　俺達の吸血鬼《ヴァンパイア》さぁあああん】

「うーん……」

コメントの盛り上がりとは裏腹にアリシアはどこか釈然としない様子であった。

「お前さ……なんか弱くないか？」

「っ……！」

【えっ……？　どういうこと？】

【確かにいくら吸血鬼さんが強いとはいえ、S級相手に圧倒しすぎか】

「お前……本当にS級ボスか？」

「……クックック……いつ誰が僕がS級ボスだと言った？」

「……!?」

「そういえば、君が連れていた人間……戻ってくるのが遅くないか？」

「っ……!!」

【あ、クガ……（察し）】

【いつも災難だなぁ、クガは……】

＊＊＊

「ねぇ、お兄さん……人狼ゲームって知ってますか？」

「……？」

少女がクガにそんなことを訊く。

なんだか随分と余裕があるのだなとクガは思う。

「あ、あぁ……やったことはないが、概要はな……」

「あのゲームって、人に化けた嘘つき人狼が夜に村人を襲うんですよね……」

「そうなのか……細かい設定までは知らなかったが……」

「ねぇ、お兄さん……」

「ん……？」

「えーとですね、私が人狼なんですよ」

「……？」

＊＊＊

クガはどこに行った……。

アリシアは急いで部屋を出る。

偽人狼はしばらくは動けないであろうレベルには痛めつけた。

「クガ！」

アリシアはひとまず一番近くの扉を開く。しかし、もぬけの殻だ。

「っ……」

アリシアは唇を噛みしめ、次の扉へ向かう。次々と扉を開けていくアリシア。そして……。

「っ……！」

【あっ！】【よかった、まだ生きてる】

八つ目の扉の中にクガと少女はいた。

「クガ……！」

「……お、アリシア……どうした？　そんな顔して……」

アリシアは今までに見たことないほど、焦燥《しょうそう》を浮かべていた。

「気を……気をつけろ！　そいつが本物の人狼だ！」

「あ……うん……さっき聞いた」

「あぁ……！　………え？」

アリシアの顔から急にこわばりが解ける。

「じ、実はな……彼女からカミングアウトがあってな」

「COって言ってくださいよー！」

「あ、うん……CO……」

【本当にこの子が人狼なのか】

【なんかよく見ると、かわいいな】

【俺は最初から気づいてた】

【後だし乙】

【いや、かわいいことにはガチで気づいてたから】

【そっちか、すまん】

　リスナーからかわいいと評される人狼は、ふわっとした白銀の髪、身長は155センチ程度で魔物としてはやや小柄。意志の強そうな吊り目がちではあるが、大きな瞳は彼女の愛らしさを引き立てていた。タイプは異なるが、アリシアに劣らない程、整った顔立ちをしていた。

「それでクガさんが私を眷属《けんぞく》にしたいって言うから……」

「いや、何度も言ってるけど、俺じゃなくて、アリシアな……！」

「なので、了承しちゃいました」

「は……？　えぇえぇえぇえぇえ!?」

【は……？】【は……？】

【クガは魔物の美女に好かれる星の下に生まれたのか？】

【許せん。決めたぞ。クガとかいう背信者は俺が始末する】

「な、な、なんで？」

アリシアは口をパクパクさせるようにしながら、眷属了承《けんぞく》の理由を確認する。

「だって……」

人狼はもじもじしながら頬を染める。

「だって……優しかったから……」

「っ!?」

「クガさんが私を連れ出してくれた時、『大丈夫か』『よく頑張ったな』『心配するな』と何度も励ましてくれたのです。私、そんな優しい言葉をかけてもらったのは生まれて初めてで……」

【え、それだけ？】【おい、それだけなら俺でも言えるぞ】

【たったそれだけのことで？】【クガ、そこ代われ】

理由の実施難度の低さに、怒りのコメントが溢《あふ》れ、クガは苦い顔をする。しかし……。

「……な、何だって……？　私はそんな言葉、かけてもらったことないぞ」

アリシアは別方向でクガに抗議する。

「いや、アリシアは一度もそういう状況に陥ったことないだろ」

「ぬ……？　た、確かに……」

アリシアは何かを考えるように少し俯《うつむ》く。

【おいおい、吸血鬼《ヴァンパイア》さん、急に静かになってどうした】

【何人か犠牲になるかもしれない予想を言ってもいいか？】

【や、やめるんだ】

【吸血鬼さん（私も少しは弱いフリをした方がいいのだろうか……）】

【ちょっと横になります】

【チャンネル登録解除、さよなら】

「な、何を勝手なことを言っているのだ！　そんなこと思って……ない」

【今の間はなんだ？】

【チャンネル登録解除、さよなら定期】

【ニヤニヤ】【クガとかいう人類の敵は追放されて当然】

そのようにプチ炎上している間に……。

「グレイ……」

部屋の外からアリシアと対峙していた大型の偽人狼が現れる。

「お前……まだ足りぬか……？」

アリシアがそんなことを言う。が……。

「あ、お兄ちゃん」

「っ⁉」

【あー、ご兄妹でしたか】【言われてみると確かに似てるかも】

【グレイは人狼ちゃんの名前かな？】

どうやらグレイというのが人狼少女の名前であるらしい。

「グレイ……これは一体、どういう状況だ？」

「お兄ちゃん、私……運命の人を見つけたの！　私、クガ様の眷属《けんぞく》になる！」

「っ!?　な、なんだと……!?」

「この方なんだけど……」

「……グレイ……お兄ちゃん、小さくはないダメージを受けて、目が少しおかしくなっているのかもしれない。グレイが指差しているのが人間に見えるんだ」

「合ってるけど」

「ちょっ！　グレイ……まてまてまて、正気か!?」

「とても優しい人で……ほとんど一目惚れだった」

「ひ、一目惚れ……!?　ぐ、グレイ……落ち着くんだ……一目惚れなんて碌《ろく》なことにならんぞ！　ひどい浮気性でＤＶ男の可能性だってあるんだぞ」

言いたい放題だな……とクガは嘆息《たんそく》する。

「第一、相手はどう思っているんだ!?　グレイの一方的な想いになっているんじゃないか？」

【どの口が言ってんだ笑】【この兄妹、確かに似てる。ストーカー的なところが】

【クガはやべえ奴に好かれやすい】

「一方的でも構いません！　というかお兄ちゃんの意見なんてどうでもいいです。ひとまず私

はクガさんの眷属《けんぞく》ってことでよろしいですか？」

グレイがクガ、あと同じ方向にいるアリシアの方を見て、確認する。

「んー……私の眷《けん》ぞ……」

「嫌です」

アリシアの発言の途中で、グレイはニコニコしながら即答する。更にクガにグイグイいく。

「クガ様、契約を交わした暁《あかつき》には、いつ何時、如何なる状況でもお呼びください。できれば一日最低一回はお呼びください」

「え？　お、おう……」

グレイの勢いに圧倒されるクガを余所に……。

「……まぁ、いいか！　私の〝何者か〟の眷属なら、これもう実質、私の眷属でしょ」

アリシアはよくわからない理論を展開し、メモに書き込んでいく。


＝＝＝＝＝＝＝＝＝＝＝＝＝＝＝＝＝＝＝＝

【SS級ボスになるには】
【済】侵略者を三〇人狩る
【済】A級パーティを狩る
・S級パーティを狩る
【済】眷属を従える（S級ボス）←NEW

・ボスの城を構える
・ＳＳ級ボスの枠を空ける
＝＝＝＝＝＝＝＝＝＝＝＝＝＝＝＝＝＝＝＝＝
いいのかそんなざっくりで……？　と思うクガであった。

四章　堕勇者

人狼の館での出来事から数日後――。

アリシアの仮住まいにて。

その日は、クマゼミの配信の通知が来ていた。アリシアが観たいというので、再びクマゼミの配信を観ることにした。

「今日は何をするんだろうなー、クガの元仲間」

「そうだな……」

前回の配信で不調だったクマゼミのメンバーのことがクガも少し気になっていた。

◇

地下37層――。

その日、クマゼミは地下37層の結晶の洞窟に、鉱石の採掘に来ていた。

新メンバーである神官のサイオンの杖の強化に必要な素材を入手するのが目的である。

「今日は採掘中心なので、あまり戦闘になるようなことはないかと思いますが、前回の配信では、少々、連携に難がありましたので、メンバー内でしっかり意識統一をして参りました」

サイオンがリスナーに向けて、そんなことを言う。

「メンバー達もしっかり僕の指導を受けてくれて、及第点には達していますので、安心してご覧ください」

【サイオンさん、流石《さすが》～】

【それなら安心して観られるね】

【なんだかなー】

【うーん……】

その後方で、剣聖のセラと聖女のユリアがピッケルを振り回している。

採掘担当のセラとユリア、見張り担当のミカリとサイオンというように分担しているようだ。

セラとユリアは言葉を発することなく、黙々と作業している。

「ミカリさん、僕が加わってから今日、初めて観に来てくれた方もいるでしょうし、せっかくだから、改めてリスナーの皆さんに僕のことを紹介してくれないかい？」

「あ、そうですね。えーと、新メンバーでジョブ：神官のサイオンさんです。パーティでも重要な役割であるヒーラーを担当してもらっています」

ミカリはニコニコしながら紹介する。

「うんうん……それから……？」

「それから？　あ、えーと……サイオンさんはメンバー斡旋所《あっせんじょ》に相談させてもらって、運……

よく、斡旋してもらえました」

　ミカリはニコニコしている。

「うんうん……それからそれから……？」

「それから？　……えーと、サイオンさんはかの有名なS級パーティ第一位のルユージョンさんが相談役を務めている探索者育成スクールのヒーラー部門でS級相当の評価を得ている非常に優秀なヒーラーのスペシャリストになります」

　ミカリはニコニコしている。

「うんうん……ミカリさん、ありがとう。来てくれている方も多いからすでに御存じかもしれないけど、前のパーティではボス戦で僕だけが生き残ってしまうという不本意な結果になってしまった」

　サイオンは自分語りをする時の癖なのか、後ろに手を組んで、歩き回るようにしながら語る。

【そうだね……あれは残念だったね】

【他のメンバーには悪いけど、サイオンさんだけ実力が突出してたんだよ】

【そういう意味ではこのパーティもちょっと心配だけど……】

「皆、僕を応援するのは有り難いけど、パーティを貶《けな》すのはやめてくれ。元のパーティも今のパーティもだ」

【サイオンさんは人徳者だなぁ】

【決して人のせいにしないの聖人だよなぁ】

「いやいや、そんなことはないよ。いずれにしてもこのパーティをS級に押し上げるのが僕の使命だと思っている」

「……」

ミカリはニコニコしていたが目が全く笑っていなかった。

【ミカリン、ちょっと怖いよ……】

古参のリスナーはミカリの不穏な気配を感じとっているが、サイオンは気にする様子なく続ける。

「さぁ、リスナーの皆、ますますの応援よろしくお願いします！」

【サイオンさんならできる！】

【どんなパーティにいたって応援してるよ】

「応援ありがとう……！」

サイオンは声援に応えるべく足を止め、ドローンに向かって右手を振り上げる。と……。

「ん……？」

サイオンの振り上げた右手に何やら粘々《ねばねば》したものが付着する。

「これは……蜘蛛《くも》の……っう、うわっ」

右手についた蜘蛛の巣が全身に拡がりサイオンの身体《からだ》を包み込む。

「な、なんなんだこれはぁああ……!?」

【え？　どうしたの？　サイオンさん……？】

【異変発生】【緊急事態発生!!】【エマージェンシー！】

「うわ、どうしたんですか？　サイオンさん」

ミカリもサイオンの身体《からだ》に蜘蛛《くも》の巣が絡みついていることに気づく。

「こ、これって……まさか……転移網罠《ワープネット》……!?」

「ワープ……!?　う、うわぁあ………」

サイオンの身体の周りに、円状の輪っかが上昇するようなワープエフェクトが発生し始め、それと共にサイオンの姿が消滅する。

「どうした!?　サイオンは!?」

採掘をしていたセラとユリアも何事かが起き、サイオンの姿がないことに気がつく。

「サイオンさんが転移網罠《ワープネット》に……」

「転移網罠《ワープネット》!?　それってつまり……」

【マジか……】

【アラクネ……か……】

【S級ボスの……】

転移網罠《ワープネット》に捕らえられると、S級ボス〝アラクネ〟の巣に転送される。これまで同様の罠で数名が犠牲になっており、サイオンもおそらく巣に転送されたのであろう。

【なにやってんの?】

【早くサイオンさんを助けに行きなさいよ!】

「……っ……行くぞ」

セラがそう言うと、ミカリは頷《うなず》く。

セラ、ミカリ……そしてユリアが右手を蜘蛛の巣に手を突っ込む。

三人は自らワープエフェクトに包まれ、姿を消す。


「ここがアラクネの巣か……」

三人が降り立つと、そこは洋風の館の内部であった。

どうやら玄関から入ってすぐのホールのようであったが、玄関は蜘蛛の糸のようなもので塞がれ、少なくとも玄関からの退場は難しそうだ。

「あ……」

先にワープしていたサイオンは三人の姿を見て、ほっとしたような表情を見せる。

地下45層、S級ボスのアラクネの館――。

クマゼミの四人はそこにいた。そして何者かの声がホールに響き渡る。

「四匹も来てくれたか……豊作豊作……」

「っ……！」

四人が見上げた先、左右脇から上階へと伸びる段上には、上半身が人間の女のような姿、下半身が蜘蛛《くも》のような姿の魔物が邪悪な笑みを浮かべている。

アラクネだ。

本来の蜘蛛と異なる点として、下半身の脚は六本である。人型の両腕の二本と合わせて、八本となっている。女性の姿をした上半身は背中まで伸びた紫色の髪で覆われていた。

そのアラクネが飛び跳ねるようにして、階下のホールに降り立つ。

「っ……」

アラクネを目の前にして、クマゼミの四人は緊張した面持ちである。

S級ボス……今まで五パーティしか撃退を成し遂げていない探索者にとっての〝壁〟である。クガが人狼を眷属《けんぞく》化したのは例外中の例外だ。

クマゼミは、それ程までに強いS級ボスに準備なしで対峙せざるを得ない状況に陥ったのだ。

【S級、マジか……】

【今日がクマゼミ最後の日になるかもしれないのか……】

【長く配信を観ているが、終わるときはいつも唐突だ】

【いやいや、負けが決まったわけじゃないっしょ！】

【サイオンさんがいるからきっと大丈夫】

【よかったな、サイオン。早速、パーティをS級に押し上げる機会が来たじゃないか】

【がんばえー】【ちょ、それクガ笑】

リスナー達もそれぞれの反応を示す。

「せ、声援ありがとう。じ、じゃあ、定石《じょうせき》どおりいきましょうか……」

アラクネを前にし、サイオンはやや引き攣《つ》りながら、そのように呟《つぶや》く。従うように、クマゼミは陣形を整える。

セラが前線に出て、残りの三人が後衛。ツイン・スケルトンと戦った時と同じ陣形だ。

「防御強化《プロテクト》！」

魔物との闘いは誰かが〝よーいスタート〟を言って、始まるものではない。

ミカリはアラクネからの先制攻撃を待たずして、防御上昇の付与魔法をサイオンにかける。

「くらいなさい……！」

それを待っていたわけではないだろうが、アラクネも攻撃を始める。

ご挨拶《あいさつ》とばかりに後衛に対して、糸の塊《かたまり》のような弾丸を五月雨《さみだれ》に飛ばしてくる。

「せいやっ！」

後衛の防衛はユリアが担当している。その杖でもって、弾丸を叩き落とす。

【うおぉおおおお！　流石《さすが》、ユリア！】【ナイスミート！】

【でもちょっと物足りない……】【ゴリア様が見たいなぁ……】

そんなコメントの間にも、アラクネは攻撃の手を緩めない。

今度は蜘蛛《くも》の脚による踏みつけ攻撃で、近接しているセラを攻め立てる。

「っ……！」

セラはロングソードで応戦するが、アラクネの六本もの脚による連続攻撃に対応しきることは困難であった。

「ぐはっ！」

そして、左肩の辺りに一撃を受けてしまう。

「自動治癒《オートヒール》！」

それを見て、サイオンがセラに治癒魔法をかける。

【出た！　サイオンさんの上級治癒魔法、自動治癒】

【これで小さなダメージは無視できるはず！】

「加速《アクセル》！」

ミカリが次の魔法を使えるようになったため、敏捷性上昇《アジリティ》の魔法をセラにかける。

【ナイス、ミカリン！】

【これでセラもなんとか対抗できるかな】

【個人的にはセラへの加速が先でもいい気がするが……】

【素人はだまっとけ】

リスナー間のやり取りも少し険悪になる中、アラクネが思わぬことを口にする。

「なるほどなるほど、そいつがヒーラーね……」

「「「っ……！」」」

アラクネの発言に四人は身構える。

「人間のパーティと対峙したならば、ヒーラーを狙うのが定石《じょうせき》……」

アラクネはそう言って、サイオンを見定める。防衛役のユリアは杖をぎゅっと強く握る。

「凡庸な魔物までならな……！」

「「「っっ!?」」」

アラクネは強靭な太い糸を放出する。その糸はサイオン……そして、ミカリを狙っている。

「一体ずつじゃなくて、同時に仕留めればそれでいいのよ!!」

「っ……」

ユリアは判断を迫られる。

セオリーを取るなら、ヒーラーを優先で守る必要がある。

しかしだ……格上相手にセオリーどおりで勝てるのだろうか？

格上に勝つためには、どこかでリスクを取る決断を迫られることがある。

即ち、〝これくらいヒーラー単独でなんとかしてくれないとアラクネ《こいつ》には勝てないのではないか？〟

「ユリアさん、僕を守って！」

「っ……！」

「ありがとう……ユリアさん」

結局のところ、ユリアはセオリーを守り、サイオンを狙う強靭な糸を迎撃した。

「……ミカリは……」

ユリアは事実上、見捨てた方のミカリを見る。

「大丈夫……」

ミカリはなんとか自力で糸から逃れていたようだ。

「ふふふ……」

しかし、アラクネは不敵に微笑む。

「逃れたつもりかしら？　〝同時〟ってのは何も二人って意味じゃないわよね？」

「っ!?」

その言葉で気づく。

ユリアに、透明度の高い糸が付着していることに。

アラクネは二本の視認性の高い糸に紛れ込ませ、視認しにくい糸も飛ばしていたのだ。

付着した糸を辿るようにして、大量の糸がユリアに襲いかかる。

「きゃぁあああ」

「「ユリア!!」」

　ユリアはがんじがらめの糸に捕らえられてしまう。

「あぁ……ユリアさん……」

【あーあ……】

【下手こいたなぁ】

「皆、ユリアさんのミスを責めないであげて……」

　サイオンはコメントに対して、そんなことを言う。

【は?】

【そもそもユリアはタンクじゃねえっての!】

【悲しい……もう俺達が愛したゴリア様は見られないのか?】

【ユリアは自分だけなら避けられたはずだ】

【責められるのはむしろお前だろ!】

【は?　ヒーラー守るのは当然だろ!】

【盾役いないなら、攻撃担当のどちらかが兼任するのは当たり前でしょ】

　サイオンの反応が癪《しゃく》に障《さわ》ったリスナー達は我慢の限界だったのかサイオンに怒りをぶつけ、それを擁護《ようご》するコメントとぶつかり合う。

　しかし、状況はそんなことを議論している場合ではなかった。

「らっ!!」

前衛のセラがロングソードでアラクネの脚の一本を斬りつける。

その脚は一刀両断され、アラクネの脚が一本欠ける。

が、しかし、結果として焦燥《しょうそう》するのはむしろセラの方であった。

アラクネの凄まじい自己再生能力により、欠けた部分が即座に修復されてしまった。

「なにかしたかしら?」

「っ……!　ぐあっ……!」

精神的ダメージもあり、セラは一瞬、硬直してしまう。

その隙《すき》を見逃さず、アラクネは棘《とげ》を飛ばし、それがセラの腹部に直撃する。

アラクネは、後衛にも強靭な糸を飛ばし、サイオンとミカリに同時攻撃を仕掛ける。

「サイオンさん……!」

ミカリは一瞬での決断が必要であった。

ユリアの防衛がなくなったこと。サイオンは丸腰に近い形となったこと。直前でセラが大きなダメージを受けていたこと。

現状、考え得るわずかな勝筋、それは回復したセラがアラクネとの一対一に勝つこと。

だからミカリはセラを回復することができるサイオンを助けることを選択した。

ミカリは自身の身を投げ出すようにして、サイオンを押し、糸から回避させる。

「きゃぁあああ」

あわよくば自身も助かろうとしたが、そうはならなかった。ミカリはアラクネの糸により捕獲されてしまう。

【ミカリぃいいいいい】

【頼む、セラぁ、なんとかしてくれぇ！】

「っ……」

残るは負傷したセラ、そしてサイオンの二人。

【早くセラを回復しろよ！】

【早く!!】

「っ……」

サイオンは迷う。

セラが受けたダメージからすると、強力な治癒魔法が必要だ。だが、強い治癒魔法は、それだけ発動までに時間を要する。防衛役を失った今、アラクネを相手にその時間を確保することができるか。そもそもセラを回復したところで、残り二人でアラクネに勝利することなどできるのか。

否、全滅は濃厚……。

そして心の中で思う。

〝くそ……このパーティメンバーのせいだ……また僕の足を引っ張りやがって……〟

と、その時であった。

ギィイイイという音が聞こえる。

「っ……！」

洋館の玄関の扉が開く。内側から開くことはできなくても、外側からは開けられるようになっていたようだ。

千載一遇《せんざいいちぐう》……奇跡とも呼べるチャンスをサイオンは見逃さなかった。

神《サイオン》は自分を生かそうとしている。そう思えた。

〝僕だけは死なない……！　僕は特別なんだ!!〟

それまでで最も機敏な動きで……撮影ドローンを死角から捕縛、包み込むように抱えて、全速力で扉へと走る。しかし……。

出入り口付近で入ってこようとしていた人物にぶつかってしまい、中に押し戻され、そのまま尻餅《しりもち》をつく。

抱えていたドローンも解き放たれる。

そして、扉は閉じられる。

「っ……！　て、てめぇええ、何してくれてんだ!?」

サイオンは扉を開けた人物に怒りをぶつける。

【え……？】

【一瞬、ブラックアウトしてたけど、何が起きてるの？】

「っ……、って、お前は……」

サイオンはその人物を一応、認識していた。


【クガァアアアアアアアアアア!!】

【来てくれるって信じてなかったぁあああ！】

【信じてなかったけどなんか嬉《うれ》しいぞぉおおおお】


そこにいたのはクガ元メンバーであった。


「らぁあ！」

クガは大剣をぶん回し、アラクネに斬りかかる。

「っ……！　どういうこと……？　人間のパーティは四人が最大では？」

アラクネは自身の有する知識との不一致で多少、困惑している。

実際、そのとおりである。

ダンジョンの不可思議な制約により、四人以上で構成すると、四を超えたメンバーが行動不能となるのだ。

「……」

そうだな……まさかこの特性を使うことになるとは思わなかった。

クガは心の中で思う。

【救世か……】

【あの勇者のクソ特性のおかげか……！】

［特性：〝救世〟］

四人のパーティに対し、戦闘中に入れ替わりで、乱入できる。

つまるところ、クガはサイオンと入れ替わりで戦闘に乱入していた。

合理性を考えれば、すでに行動停止に陥っていたユリアかミカリと交代で入った方が良かったのかもしれないが、咄嗟《とっさ》のことであることもあったが、クガは交代相手にサイオンを選んだ。

「……」

文字どおり蚊帳《かや》の外となったサイオンは思う。

だったら、僕を外に出してから扉を閉めてほしかった……と。

「アリシア！　もう一つだけ頼みがある!!」

アラクネと対峙しながら、クガが普段よりかなり大きい声で叫ぶ。クガの後方ではアリシアも待機していた。

「ぬ……？　なんだ？　クガ」

「そいつをアラクネの攻撃の流れ弾から保護してくれ！」

そいつとはサイオンのことであった。

「気は進まぬが、了承した。まぁ、アラクネとは面識もなく、果たさねばならぬ義理もないからな」

【吸血鬼《ヴァンパイア》さん、来てたんだー】

【今日は協力してくれないのー？】

「残念だが、私にはこの戦いへの参加資格はないようだ」

【魔物も四人縛りが適用されるのか？】

【新発見だな】

「と、とんだ災難だ……こんな半端者《はんぱもの》が来たところで……」

サイオンは怒り、混乱、そしてリスナーの期待が自身からクガへ移ったことへの妬みからかそんなことを口走る。が……。

「おい、腰抜けヒーラー……」

「っ……！」

サイオンにそのような罵声《ばせい》を浴びせたのは負傷した剣聖、セラであった。

「俺らを見下すのはまだ理解できる……だが、俺達を残して逃亡を図ったお前ごときがクガを見下すことは許容できない」

「っ……！」

奴を無慈悲に追放したのはお前だろ……？

サイオンはセラが何を言っているのかさっぱり理解できなかった。

【え？　サイオンさん、逃亡図ったの？】

「ちがっ……」

【サイオンさんがそんなことするわけ……】

「そう……」

【でも一瞬、不自然にブラックアウトした】

【確かに】

【そういえば前のパーティが全滅した時もそうだった】

「っっ……！」

【あー、これは黒、確定ですわぁ】

【見損なったわ、サイオン……】

【だっさ……】

「っっっ」

　サイオンは完全に言葉を失う。


　一方、クガは単騎、アラクネと対峙していた。

「っ……」

「な、なんなのこいつ……」

　クガはリーチの長い大剣でもって、力ずくで押し込んでいく。

「このっ……！」

　状況を整えたいアラクネは棘《とげ》により牽制を図る。

　しかし、クガはそれを避けることなく、突っ込んでいく。

　クガは棘を受けながら、大剣を叩き下ろす。

「っ……」

　アラクネは咄嗟《とっさ》に二本の蜘蛛《くも》の脚で防ごうとする。

　が、その二本の脚は一刀両断され、さらには上半身へと刃が届く。

「きゃぁああ！」

　アラクネは上半身の右腕をも喪失する。

【え……？　S級相手にタイマンで優勢……？】

【いや、確かに吸血鬼《ヴァンパイア》さんとやってた時も善戦してるなぁとは思ったけども】

【クガってこんなに強かったの？】

コメントはＳ級ボス相手にクガがタイマンで善戦するという異常事態にざわつく。

しかし、その状況にさして疑問を抱かぬ者も数名いた。

〝そうだ……これが本来のクガの力だ……〟

剣聖：セラがその代表であった。

◇

「クガにはクマゼミを辞めてもらう」

「「え……？」」

一月ほど前の話――。

セラがその話を持ち出した時、ユリアとミカリの二人は当然、驚き、そして困惑の表情を見せた。

断腸《だんちょう》の想いだった。

気づかないフリをしていたのかもしれないが、ずっと気づいていた。

クガは器用貧乏などではない。

勇者のジョブは器用貧乏、それ自体は定説であり、事実であった。

しかし、クガ自身は違う。

単なる勇者を超越していた。

攻撃、防御、補助、治癒《ヒール》、全ての能力が一流であった。

要するにクガは、ただの万能だった。

その実力はソロでS級ボスに匹敵するほど。

クガには天賦《てんぷ》の才能があった。それに加えて、クマゼミを守るためという何とも無欲な目的からは想像もつかないほど、陰ながらの努力を重ねたことで、その隠された才能が開花した。

それなのにクマゼミにヒーラーがいないことで、ヒーラーとタンクの役割を担い、俺達を死なせないためにその才能《リソース》を浪費していた。クガは自分達のような凡人とは違う領域にいる。このままではいつか実力の吊り合わない凡人を守るために、リタイアすることになるだろう。

だから、俺達という足枷《あしかせ》から解放してやらなければならない。

「……そ、それはわか……ってはいたけど……」

「……」

「でも、わざわざそんなやり方にしなくてもいいんじゃない？　ちゃんと説明すれば……」

ミカリはセラが話したクガをパーティから〝解放〟する方法に反論する。

「普通に説明すれば、あいつは必ず固辞する」

「……！」

「クガは自己評価が低い上に、頑固なほどに義理堅すぎる。親友……といっても思ってるのは俺だけかもしれないが……少なくともかれこれ七年の付き合いの俺が言っているんだ、間違いない」

「「……」」

二人は反論できない。彼女らも長い付き合いなのは同じだ。だから彼が義理堅いことは知っている。しかしもっとも親密なのはやはりセラだった。

「クガはおそらく独りで隠しボスの〝吸血鬼《ヴァンパイア》〟を討伐……までは至れなかったとしても善戦し、その名を知らしめるだろう。あいつの実力はソロS級の〝あいうえ王〟か、唯一のSS級のパーティ〝サムライ〟に匹敵するはずだ……いや、それ以上のポテンシャルすらあると俺は思っている」

そうして彼らはクガへの脱退宣告と吸血鬼との対峙を行わせた。もしもの時は、自身らも隠し部屋に突入できるようにクガの配信を確認しながら、付近で待機していた。方向性は予想の斜め上であったが、結果として、セラの想定どおり、クガを助ける必要はなかった。

◇

「治癒《ヒール》」

クガは自身への棘《とげ》によるダメージを修復する。

「っ……」

アラクネは唇を噛み、焦燥《しょうそう》の表情を見せる。

しかし、それも一瞬……ニヤリと口角を釣り上げる。

「正直、少し驚いた……しかし、何も回復できるのはお前だけじゃないんだよ……！」

「っ……！」

アラクネの右腕、そして、二本の前脚が瞬く間に再生する。

【なんだよ、コイツ、チートじゃねえか】

【いくらなんでも再生が早すぎる】

クガはセラがアラクネの脚を切断したシーンは観ていなかった。

故にその再生能力については知らなかった。が……。

「っっ……！」

間髪容れず、クガは再び、アラクネに大剣を叩きつける。

今度は、脚でなく、下半身の頭胸部を縦にぱっくりと切断する。

手足以外の部位の再生力が低下することを期待してのことであった。

【どうだ？】

しかし、切断部位は癒着《ゆちゃく》するように、結合され、すぐに元どおりとなる。

【効いてくれ!!】

「残念だったわね」

「……そうだな」

その後も、クガとアラクネの激しい戦闘が続く。

しかし、クガの方が押しているように見えるが、アラクネの再生力を崩しきれない。

「アハハハ……頑張ってはいるけれど……ジリ貧みたいね」

アラクネはクガを煽《あお》るように言い放つ。

「……」

実際にアラクネの言うとおりであった。優勢に見えて、アラクネの再生力を崩すには至っていない。決め手を欠く……ジリ貧……。

……やるしかないか。

クガは覚悟を決める。

「セラ！」

「えっ!?」

「少しだけ、アラクネを引き止めてくれ……頼む」

「……あ、あぁ……」

こんな状況においても、不思議とセラは嬉《うれ》しかった。

クガに何かを頼まれることはもうないと思っていたからだ。

幸いセラの身体《からだ》はサイオンが戦闘序盤にかけた自動回復《オートヒール》のおかげで動ける程度には回復している。

「うぉおおおお！」

セラはロングソードを片手にアラクネに立ち向かう。

それを横目にクガはアリシアと、その足元でへたり込んでいるサイオンの元へ向かう。

そしてサイオンの前で、大剣を逆手《さかて》に持つ。

【え？】

【なになに……？】

「すみません。新しい特性の発動条件なもので。あんたには恨みもないが、義理もない」

「っ……！」

クガのその言葉でサイオンは察する。

なぜこの男《クガ》が吸血鬼《ヴァンパイア》に自分《サイオン》を保護させたのかを。

「うわぁあああああ」

サイオンは這いつくばるように逃げようとする。

気づいたのだ。自分が贄《にえ》であることに。

気づいた時には遅かった。サイオンはいつの間にか紅い触手に絡め取られており、身動きができない。

「っっ……！」

「私は別に謝る必要ないよな？　元々、魔物だし」

吸血鬼《ヴァンパイア》がサイオンに向けて、にこりと微笑む。

「い、いやだ……僕はまだまだこれから……せ、せっかくS級相当まで成り上がったのにぃ……どれだけ努力したと……」

「すみません、あまり時間もないので……」

クガは頭を掻く。

しかし、その剣の向きを変えることはない。

そのまま大剣を真下へと突き刺す。

「い、いやぁだぁあああああああああ」

断末魔《だんまつま》が途切れ、辺りを静寂がつつむ。

【……やりやがった】

【いや、いけ好かない奴ではあったが……】

【クガ……どうして……？】

【いやぁあああ、サイオンさぁあああん】

サイオンの亡骸《なきがら》が消滅する。

と、同時にクガにも変化が生じる。

禍々《まがまが》しいオーラがクガの周囲に発生する。

「っっ…………え……？」

次の瞬間、驚嘆と疑問の声をあげたのはアラクネであった。

アラクネの蜘蛛《くも》の胴体が地面に打ちつけられていたのだ。

「っっ……！」

身体《からだ》を支える六本の脚が全て切断されていることに気づくのに少し時間を要した。

「くそぉっ……」

それでもすぐに六本の脚を再生する。

「……えっ？」

しかし、次の瞬間には上半身と下半身が離れていた。

「い、一体、何が起きているの……？」

拘束されながらもその様子を見ていたユリアは困惑するように呟《つぶや》く。

「ふっふっふっ、クガはもうお前達の知っているクガではないのだよ」

「っ……！」

サイオンの消滅により贄《にえ》の保管の任を解かれたアリシアは手持《ても》ち無沙汰《ぶさた》になったのか、先日、勝負を仕掛けてきた脳筋聖女ことユリアに話しかけに行く。

「お、お前……！　クガに何を……!?」

「別に私は何もしていないが……」

言葉のとおり、アリシアは何もしていない。

だが、クガは確かに変わっているものがあった。

それは〝ジョブ〟だ。

現在のクガのジョブは〝堕勇者〟。

モンスタースレイヤーと戦闘したあの日――。

初めて人を殺した時に目覚めたジョブである。

[ジョブ：堕勇者]

基本的な能力は勇者と類似している。

ご丁寧なことに〝救済〟の特性も引き継いでいる。

しかし、治癒《ヒール》や補助の魔法の対象が自分のみになるというデメリットの代償に攻撃面の性能が上昇している。

そして、特記すべきは、追加された特性〝魂の救済〟。

魂を救済することで、能力が跳ね上がる……というもの。

救済とは聞こえはいいが、魂を救うとは〝無〟にすることを意味する。

つまるところ〝殺すと能力が飛躍的に上昇する〟。


「あがっ……あがっっ」

サイオンの魂を救済し、飛躍的に力が上昇したクガの初撃により、上半身と下半身を離されたアラクネは、なおも再生しようと足掻《あが》いていた。

下半身は再生されず、上半身側に蜘蛛《くも》の身体《からだ》が生えようとしていた。

しかし、次の瞬間には上半身が上下に切断され、さらには首が落とされる。

その状態で再生しようとする側は胸部であった。

クガはその胸部に大剣を突き立てる。

「やめてぇえええ、降参するからぁあああ」

アラクネの首が叫ぶ。

しかし、クガはその手を止めることはなく……

……もなかった。

「二人を解放し、扉を開けろ」

「え……？」

　アラクネは困惑する。

「だから今生きている人間に手を出すな。それを誓うなら殺しはしない」

「……」

「俺はすでに魔物側に肩入れしている。無暗《むやみ》にリライブできない魔物を殺すことはない」

「……」

　ユリアとミカリを拘束していた糸は消滅し、扉が開く。


【うぉおおおおおおおおおお!!】

【クガぁああああああああ】

【強すぎる】

【人殺しやん】

【元々、殺してるからセーフ】

【どういう理屈やねん笑】

【人殺して、魔物殺さないの草】

【頭おかしいやん】

【ある意味、人類への背信者として一貫してるともいえる】

【吸血鬼《ヴァンパイア》さん、クガさん、今まで覚悟できずにすみませんでした。俺も一リスナーとして背信します。一生ついていきます】

【私、なんで今までサイオンなんて好きだったんだろう……】


この日、大量の背信リスナーが誕生した。

◇

クマゼミの三人、クガ、そしてアリシアはアラクネの館の外に出る。と……。

「クガぁぁぁ」

ユリアが泣き出しそうな顔でクガの元へ走る。

しかし……。

「やめろ！　ユリア!!」

セラはそれを大声で制止する。

「で、でも……」

ユリアは不満そうだが、足を止める。

「クガ……」

セラがクガの前へ歩み寄る。表情は硬い。まるで怒っているようだ。

「今回の件は……ありがとう……ございます」

「あぁ……」

「だが、なぜ来た？」

「……！」

【何言ってんだ？】

【クマゼミを助けに来てくれたんだろ！】

セラは表情を変えない。

「お前はもうクマゼミじゃない。お前は来るべきじゃなかった。二度とこんなことはするな」

【ふざけんな！　救ってもらってその態度はなんだ！】

【あんな追放のされ方しても、クガは来てくれたのに】

「………ひとまず言いたいことはわかった……行くぞ……アリシア……」

クガはそう言って、クマゼミに背を向ける。

「えっ、あ……うん……」

アリシアは幾分、心配そうな顔をするが、クガについていく。

「違うでしょ!!　セラ!!」

「「「っ!?」」」

突然、大きな声で叫ぶ人物に、その場にいた者たちは驚く。

「……ミカリ……!?」

叫んだのはミカリであった。

【ど、ど、ど、どうした? ミカリン!?】

【何が違うのだろう】

「ミカリ……!」

「うるさいっ!! セラ!」

「っ……」

「あぁああ!! もう限界! いい加減にしてよ! 意味わからない男の自己犠牲に付き合わせんなっての! もうやってられない! 全部、話すから!!」

【ミカリンがご乱心だ……!】

【酒飲んだ時以外、いつも凪《なぎ》のように穏やかなあのミカリンが……?】

【こんな姿見るのガチで初めてかも】

【どうするんよセラぁ……】

ミカリの豹変ぶりにセラは露骨にうろたえる。

「あ……あ……」

そうしてミカリは「あ……あ……」とか言っているセラを無視して、追放した真相の全てをクガ本人、そしてリスナーに話した。


【クガのための追放？　マジかよ……】

【後づけの作り話じゃないよな？】

【俺は信じるぞ】

【セラは青鬼だったんだな】

【クガは今後、どうするのだろう……】


「…………」


セラは恥ずかしいのか、気まずいのかクガから目を逸らしている。

クガは内容を理解するのに、少し時間を要した。

自分自身にそれほどのポテンシャルがあるとは思っていなかったし、セラがそんなことを思っていたということにも気づかなかった。

しかし、胸の中にあった靄《もや》のようなものはなくなったような気がした。

その日はそのままクマゼミと別れた。

クガとアリシアはアリシアの仮住まいへと戻る。

その帰途、アリシアはなんとなく話しかけづらくてクガと会話することはなかった。

「……」

アリシアはソファーで、ごろんと横になっているクガを眺める。

クガは何かを考えるように天井を見つめていた。

その姿を見て、複雑な心境になるのはむしろアリシアの方であったのかもしれない。

クマゼミはクガに戻ってきてくれなどは言わなかった。

それを言うことはクガを解放したという主旨と反するのだろう。


だけど……クガは……?


「アリシア……」

「は、はいっ……！」

突然、クガに声をかけられ、アリシアは妙に驚いてしまう。

「ど、どうしたのだ?」

「明日、また、クマゼミと話そうと思う」

「え……うん……」

「悪いが、その場についてきてくれるか？」

「……！　……わかった」

その後、クガは何やら忙しそうにディスプレイを弄《いじ》っていた。

その晩、アリシアはうまく眠ることができなかった。


翌日――。

アリシアは待ち合わせ場所へ向かうクガの背中を追う。

「……」

今日も会話はない。

おそらく自分《アリシア》が話しかけていないからだ。

思えばクガは自分から話しかけてくることはあまりなかった。

クガは今日のクマゼミとの話し合いに自分《アリシア》も呼んだ。

そこにどういう意図があるのだろうか……。

アリシアは視線を落とす。

気まずい空気の中、待ち合わせ場所へと到着する。

そこにはすでにクマゼミのメンバーが揃っていた。

「おっす……」

「あぁ……昨日ぶりだな……」

クガが声をかけ、セラが応える。

「っ……ここは……」

待ち合わせ場所……そこは地下43層——隠しボス部屋の入口付近であった。

セラの後ろには、ユリアとミカリもいる。普段なら飛んでいることが多いドローンも今日は飛んでいない。

「悪いな……来てもらって……」

「いや、それでどうした？　クガ」

「え、えーと……な……」

「……」

その瞬間、アリシアの胸が跳ねる。

なんだこれ……？　緊張か……？

この私が……？

そうだとして、私はなぜ……緊張しているのか……？

クガの口元が開く。

「ヒーラーを探してるんだろ？」

「「「っ……！」」」

「サイオンのようなエリートではないが、心当たりがある」

その場にいた誰しもが予想外の言葉だった。

「え……？　それってつまり……」

アリシアの口から思わず言葉が漏れる。

「ん……？　なに、にやけてるんだ？　アリシア」

「へっ……？　に、にやけてなどいない……！」

「そうか……？」

流石《さすが》にその否定は無理があると自覚してしまう程に、口角の制御不能に陥ったアリシアは慌てて顔を俯《うつむ》ける。

「クシナという再生士の女の子なんだが……」

クガがクマゼミに紹介したのは、コボルト達の城を攻めた時に出会った再生士のクシナであった。昨晩、クガはクシナに連絡して、意思確認を行っていたのだ。

「え？　再生士？」

ミカリが反応する。

「あぁ、再生士なんだが、配信に挑戦したいみたいだ。ダンジョン経験は浅いが、本人によると学生時代はぶいぶい言わせていた（？）らしいからすぐに戦力になれるよう頑張るとのことだ。治癒能力については申し分ない」

「なるほど……」

「〝ク〟シナだから、パーティ名変えなくて済むね……」

ミカリがそんなことを言う。

「元々、変えるつもりなんてなかったけどな」

「……」

セラの言葉にクガは何かを考えるように少し沈黙する。

「クガ、ありがとう。本人と話してみたい。連絡先を教えてほしい」

「承知した」

セラとミカリは前向きのようだ。

ユリアは下を向いて黙っていた。

と、セラのところに何やら通知が来る。

「ん……？　リスナーからだな…………えっ……？」

「どうかした？」

「アラクネが…………イビルスレイヤーに討伐された……」

「っ……!?」

イビルスレイヤーとは、かつて、アリシアとクガが討伐したA級パーティ：モンスタースレイヤーの兄貴分と呼ばれるS級パーティである。

セラはリスナーから提供された情報を元に、イビルスレイヤーの動画を再生する。

その映像では、確かにイビルスレイヤーがアラクネを仕留めていた。

どうやらクガとの戦闘直後で弱っているところを狙われたようだ。そして、さらに……。

〝おーい、吸血鬼《ヴァンパイア》ちゃーん、駄目勇者観てるかー？〟

「っ!?」

アラクネ討伐後にイビルスレイヤーのメンバーがなんとアリシア、クガに向けたメッセージを送ってきたのだ。

〝最近、調子に乗ってるみたいだけど、結局、S級ボスは倒せてないよなー？〟

〝なんやかんやチキってるんじゃねえの？〟

〝魔物ってのはこうやって分からせてやらないといけない〟

〝見えるか？　このアラクネのだっせぇ姿が……〟

そこには無惨にもバラバラに解体されたアラクネの姿があった。

〝分かるよな？　次はお前らだ……〟

そこで映像は終了する。

クガは頭を抱える。面倒なことになった。イビルスレイヤーといえば、残虐非道なＳ級パーティだ。

「まずいことになったな、クガ」

セラも深刻な顔をしている。

だが、アリシアは不敵に口角を上げる。

「ほほーん、なかなか活きがいい奴がいるじゃないか」

「いや、アリシア……これは結構、一大事でな……」

「なんでだ？　あんな奴らは私が蜂蜜《はちみつ》にしてくれよう！」

「蜂の巣のことか？」

「それだ！」

アリシアはクガがいなくならないことがよっぽど嬉《うれ》しかったのか、テンションが少しおかしかった。と……。

「大したものだ……」

セラは緊迫した状況でも夫婦漫才でもするかのような二人を見て、苦笑いする。

「あ、それで、吸血鬼《ヴァンパイア》よ、少しだけクガと二人きりで話してもいいか？」

そんなセラは思い出すように割り込む。

「……？　あぁ……構わない……」

そうして、クガとセラはその場を離れる。

「「「……」」」

残された女性三名……若干、気まずい。


「クガ……悪かったな……」

「え……？」

「その……お前をあんなやり方で脱退させちまってよ」

「あぁ……悲しかった」

「っ……！　そうだよな……本当すまん……」

セラは頭を下げる。

「だがよ……クガ……よかったな……」

「えっ……？」

「ユリアは裏でクガが背信者になった——！って、ぎゃーぎゃー騒いでたけどよ、いいんじゃないか？　吸血鬼と堕勇者」

「……」

「確かに俺達が思い描いていた正攻法的な活躍とは少し違ったけども……ダークヒーローみたいで少し憧れる……」

セラは少し照れくさいのか目線を合わせずに言う。

「そういえば、剣聖も人殺したら、堕剣聖になれるんかな……なんて、ははは……」

「っ……」

クガはハッとする。

久しぶりにセラの笑顔を見たような気がした。

それは高校時代、クガに初めて声をかけてくれた笑顔そのままだった。


クマゼミと別れ、クガは帰路につく。

魔物の街のアリシアの仮住まいへ。

その道中、アリシアはやっとクガに話しかけることができた。

「なぁ、クガ……結局のところ、彼《セラ》の思いを受け入れることにしたのか？」

「…………いや、微妙だな……」

セラの思い。すなわち、クガをクマゼミから解放するということ。

「え……？」

「……」

クガはアリシアをじっと見つめながら考える。そして……口を開く。

「……そうだな……〝何者か〟が何者でもないと感じていたなら、あっちに戻っていたかもな」

「……？　っ……！　……〜〜〜〜」

アリシアは結局、またしばらくクガに話しかけられなくなってしまった。

「クガよ！　そろそろ現場視察に行こうか」

吸血鬼《ヴァンパイア》の切り替えは早い――。

翌日、アリシアは仮住まいにてクガにそんなことを言う。

「現場視察ってなんだ？」

「なにって、忘れたのか？　これを……！」

そう言って、アリシアはクガに例のメモを見せる。

それはＳＳ級ボスになるための条件が列挙されたメモである。

クガはその内容を今一度、確認し……。

「ひょっとして……これか……？」

「あぁ！　そうだ」

どうやら二者の認識が一致したようだ。


＝＝＝＝＝＝＝＝＝＝＝＝＝＝＝＝＝＝＝＝＝＝＝＝＝＝

【ＳＳ級ボスになるには】
【済】侵略者を三〇人狩る
【済】Ａ級パーティを狩る

・Ｓ級パーティを狩る
【済？】眷属《けんぞく》を従える（Ｓ級ボス）
・ボスの城を構える　　　　　　　　　↑これ
・ＳＳ級ボスの枠を空ける

＝＝＝＝＝＝＝＝＝＝＝＝＝＝＝＝＝＝＝＝＝＝＝

「うーん、どこにしようかなー」

アリシアは何かを考えるように目線を天井に向ける。

「ちなみに築城場所の指定はあるのか？」

クガはアリシアに質問を投げかける。

「特にないな。どうせＳＳ級ボスになったら城ごと移転するから、まぁ、結局、仮住まいみたいなものだ」

「そうなのだな」

「ちなみに、クガはどういう場所がいい？」

「え……？　まぁ、基本的にはどこでもいいが……」

「まぁまぁ、そう言わずに君の希望を聞かせてくれよ」

「うーむ……」

クガはしばし考える。

「そうだな……あえて言うなら、こういう空が見える穏やかな場所がいいな」

「なるほどなるほど……」

アリシアはうむうむと頷《うなず》いている。そこで、クガは少し疑問に思う。

「アリシアは……」

「ん……？」

「アリシアは吸血鬼《ヴァンパイア》だよな？」

「ん……？　あ、あぁ、そのようだ」

「そのようだ……って……まぁ、それはいいとして、やはり日の光や十字架が苦手だったりするのか？」

魔物の街に関していえば、割と日の光の下も普通に歩いているがとクガは思う。

「確かに×《バツ》はあまり好きではない。どちらかというと○《マル》の方が好きだ」

「……？」

「それに、日焼けするのは好きではない。将来、シミになるというしな。だから、外出時はこの日焼け止めクリームをくまなく塗っている」

アリシアはどこから取り出したのか……チューブ状の物体を見せながら言う。

「……」

いや、そういう問題ではないのだが、とクガは思う。

「まぁ、クガが明るい場所がいいというならば、ひとまず上層ダンジョンに行ってみるか……」

アリシアは呟《つぶや》くように言う。

「ちなみに、イビルスレイヤーの件は気にしなくていいのか？」

「イビルスレイヤー……？」

「あのアラクネを討伐していた奴らのことだ……」

「あぁ！　あいつらね……来たら返り討ちにするだけだ！」

「……そうか」

アリシアはあまり気にしていないようであった。


それから、アリシアとクガは上層ダンジョンへと向かい、いくつかの階層を視察する。

「ここなんていいんじゃないか？」

アリシアがそう言ったのは上層43層、湖畔エリアだった。

そこは湖があり、周囲を森で囲まれた静かな雰囲気のエリアであった。

「……いいと思う。……とても」

クガもその静かで趣《おもむき》がある雰囲気をとても良いと感じていた。

「……！」

アリシアは意見が合ったことが嬉《うれ》しかったのか、自然と目が細くなり、口角が上がる。

「よし！　じゃあ、ちょっと他の者達にも意見を聞いてみるか！」

「え……？」

アリシアはクガの反応を気にすることなく、指輪をはめた右手を前に出す。

そして、その中指の契約の指輪がぼんやりと光り出す。

「「「「わんおわんおー」」」」

ワープエフェクトの中から、きりっとした表情の柴犬コボルト達が現れる。

「よく来てくれたな！」

アリシアは機嫌がいいのかにこりと微笑む。

「ほら、クガも……」

「え……？」

そうか……俺も呼ぶのか……とクガ。

アリシアが促してくるとは少し意外であったが……。

「わかった」

……こんな感じか……？

クガもアリシアを真似て、右手を前に出す。

アリシアのしなやかな指とは異なり、ごつごつした中指の指輪であるが、ぼんやりと光るのは同じである。

「ええええ？　そっちぃい？　出してほしかったのは、ドローンの方だよぉ！」

と、アリシアが素《す》っ頓狂《とんきょう》な声をあげる。

「……!?」

そっちか……！　とクガは思うが、もう遅い。

ふわっとした白銀の髪の少女が跪《ひざまず》いた状態で現れる。前回、ひどく傷んでいた薄着のワンピースであったが、今回は綺麗《きれい》な状態であった。

「……クガさま」

人狼のグレイは第一声、俯《うつむ》き気味にぼそりとクガの名前を口にする。

「え……？」

「私が眷属《けんぞく》になりもうすぐ一週間になろうかとしております……」

「え……？　そうだっけ……？」

「なぜ、今までお呼びいただけなかったのでしょう……？」

「あ……えーと……」

「私に悪いところがあったのなら、改善いたします！」

「……！」

顔をあげたグレイの目元には少し涙が溜まっていた。

「い、いや、別にグレイに悪いことがあったとかでは……」

「悪いところがないのに呼んでいただけないのは信頼がない証拠です！　より有益な存在になるよう努めます……！　必要であれば貴方の性癖に寄せることだって厭《いと》いません！　だからどうか……！」

グレイは懇願《こんがん》する。

「せ、性癖……!?　わ、わかった、わかったから、一旦、落ち着こう！」

クガはたじたじとする。

「……」

あまり見たことがないクガのしどろもどろな様子にアリシアはじとっとした視線を向ける。

「な、なんだ……？」

「別に……」

アリシアはぷいっとそっぽを向く。

「まぁ、別にそいつがいても構わないが、私が言いたかったのはドローンの方だ」

アリシアは改めて言う。

「……なるほど」

それはクガにとって少しだけ意外ではあったが、

「……そうだよな。アリシアはもう立派な配信者だな」

「なっ……！　なんだ、その薄ら笑いは——！」

アリシアはぷんすかする。と……。

「あ、あのー、クガ様……この私の……グレイの眷属《けんぞく》も召喚してよろしいですか？」

「「え……？」」

数分後。

【おいおい、これどういう状況よ……】

【柴犬コボルトに人狼ちゃんに狼男ども……】

【ミノちゃんのストーカーもいるぞ】

グレイは自身の勢力をアリシアへの対抗心から誇示したかったのか、はたまた配信の撮れ高を考慮したのか不明であるが、自身の眷属である狼男達を召喚したのであった。

「こほん……」

アリシアが咳払いする。

「それでは、皆の者……忌憚《きたん》なき意見をくれ。私はここにボスの城を築城しようと思う！」

◇

その後、クガ、アリシア、グレイの三名は湖畔周辺の森を散策することとなった。

一日、城の建造地候補とするのは良いとして、【周囲の環境を確認した方がいいのではないか】という有識者氏の意見が出たからである。

「きゃっ！」

「……」

「も、申し訳ありません……クガ様……昆虫がいたみたいで……」

グレイはクガの右腕にしがみつき、やや慎ましいが、その胸部をクガの腕に押しつける。

「お、おう……」

【は……？】【は……？】

【クガくん、そこ替わろうか】【吸血鬼《ヴァンパイア》さんの目（笑）】

アリシアの目がジトリとどんどん細くなる。

「人狼……！　お、お前は主人であるクガを守る側ではないのか!?」

「そうですが、なにか問題でも？」

「そ、そのなぁ……」

「あれ？　もしかして吸血鬼さん、やきもちですかぁ？」

「な……！　なぜ私がやきもちなど……！　私はクガの眷属《けんぞく》であるお前と違って、クガの何者かであって……」

「何者か？　何者かって何ですか？　そんな曖昧《あいまい》な関係より、クガ様に忠誠を誓った私の方がよっぽど具体的な関係かと思いますけどぉ？」

「ぐ、具体的……」

　アリシアはぐぬぬとなる。

「……」

　クガはその様子を姉妹のおもちゃの取り合いみたいなものだろうと思い、そっとしておくことにする。兄弟の弟であったクガもかつてそんなことをしたものだった。後から思えば大して欲しくもなかった物を相手に奪われそうになると、なぜかその瞬間は欲しくてたまらなくなったりするんだよなぁ……と。しかし、クガの思いとは裏腹にコメントは穏やかではない……。

【は……？】

【やはりクガは人類の敵】

【クガ討伐が俺の悲願となった瞬間であった】

「……」

　クガは少しへこみつつ、森を進む。すると、ふと地面から何かが生えているのを発見する。

「お……？　これは薬草だな……」

「……薬草？」

　アリシアは不思議そうに尋ねる。

「あぁ……わずかだが、治癒作用がある。知らないのか？」

「そうだな……」

【確かに魔物が治癒の道具を使ったりしてるというのは聞いたことがないな】

【吸血鬼《ヴァンパイア》さんや人狼さんレベルで知らないってことは魔物は道具に関する知識を先天的に持っていないってことなのだろうか】

「お……」

クガが辺りを見ると、薬草は一つだけではなく、それなりの数が生えていた。

【おー、この辺は薬草がたくさん生えてるのかー】

【当たりじゃないかー！】

「そんなに良い物なのか？」

「まぁ、そうだな……」

……と、答えていると……。


グルルルル……


「「っ!?」」

周囲から唸り声が聞こえてくる。

【きたー、先住魔物だぁああ】

【やれ――――！　クガをやれ――――！】

おい……とちょっとへこむクガ。

「クガ様……あれはダークウルフですね……」

「っ……！」

戦闘モードに入ったのか、グレイがトーン低めの声で言う。

その名のとおり、ダークウルフとは漆黒の毛皮に包まれた大型の狼の姿をした魔物であり、クガ達は数頭に取り囲まれていた。

「ダークウルフは縄張りを形成するタイプの魔物です。縄張りに侵入した者には容赦なく襲いかかってきます」

「なるほど……傘下《さんか》に加えるか」

とアリシア。

「ダークウルフは誇り高き一族です。力ずくで服従させようとしても人間や他種に懐《なつ》くことはありません」

「懐くことがないか……吸血鬼と同じだな……」

【ん？　どういう意味？】

「吸血鬼も人には懐かないぞ……！」

【ヴァンパイアジョークきたー！】

「ジョークじゃないよ！」

【ではクガに懐《なつ》いてるのはどういうことなのでしょう?】【クガは人間やめてる説】

「やめてないだろ!」

アリシアとクガはそれぞれコメントに抗議する。

「……で、どうするんですか?」

今度はグレイがジト目になる。

「し、仕方ない……ならば蹂躙《じゅうりん》するしかあるまい……」

アリシアの言葉に、クガは一意見を口にする。

「やむを得ないのかもしれないが、先住民から略奪するのは気が進まないな……」

「そうか……? 気が進まない程度なら、私はいざとなったらやるぞ? クガがやるなと言うなら話は別だが……」

「あぁ……」

それがラスボスを目指す者のメンタリティなのだろうとクガは思う。と……。

「クガ様……!」

グレイが目を輝かせる。

「ならば、私にお任せください! この眷属《けんぞく》……グレイ、クガ様のニーズを完璧に満たしてみせます!」

「お、おう……」

「はい……！」

グレイは小さくガッツポーズする。

グルルルル……

グレイがダークウルフの前に立つと、ダークウルフの威嚇はより一層強くなる。

「グルルルル……」

なぜかアリシアもグルルルル……とか言っているが、それは置いておこう。

「ダークウルフ共……誇り高き汝《なんじ》らを咎《とが》めるつもりはないが……この世には変え難い格《かく》というものが存在する……」

そのように囁《ささや》くと、グレイの姿が変貌していく。

【……！】

【えええええ……？】

【ふつくしい……】

巨大な白銀の狼がそこにはいた。

【なんじゃこりゃぁあああ⁉】

【これはひょっとして……】

【フェン……】

【フェン……なんとか……】

「フェンなんとかじゃないわ！　フェンリルです‼」

グレイは美しい姿で憤慨《ふんがい》する。

狼の王フェンリル。彼女の前では、ダークウルフも可愛らしい子犬に等しい。

誇り高きダークウルフ達もお腹を見せて転がっており、先刻までの警戒心は見る影もない。

こうして、グレイのおかげで、先住民であるダークウルフ達とは友好関係を結ぶことに成功する。

なんかどんどん犬が増えていくな……と思うクガであった。

◇

「現場の様子を見に行こう」

「お、おう……」

上層43層、湖畔エリアでの築城が決まってから数日が経過していた。

アリシアとクガは今日も築城現場の様子を確認しにいくことにする。

アリシアはワワンオに逆召喚を依頼することで、現場にはすぐに到着する。

「この召喚ワープは便利だな……」

クガが〝召喚ワープ〟の利便性を思わず口から漏らす。人間もワープアイテムである〝転移ストーン〟を使用すれば階層間の移動はできる。召喚ワープに対して〝通常ワープ〟といったところだ。しかし、通常ワープの場合、転移先はその階層の入口となるのだ。そのため、目的地へは、階層の入口から徒歩での移動が必要になる。アリシアのような上位の魔物もワープができるようだが、その仕様は転移ストーンと同じく、階層の入口に飛ばされる通常ワープのようだ。

「な！　そうだろ？　召喚ワープ、便利だろ！」

故に、アリシアも嬉《うれ》しそうに食いついてくる。召喚ワープは相手が目的地にいれば、ダイレクトでその場所へワープできるため、通常ワープに比べ、徒歩移動の必要がないのだ。

「まぁ、召喚ワープも通常ワープも使ったらしばらく次のワープができない点は同じだから注意するのだぞ！　例外として、魔物は各魔物に割り当てられた〝魔物の本拠地へのワープ〟だけは無制限に使えるぞ」

「魔物の本拠地？」

「あぁ、例えば私の場合はクガと出会ったあの場所。コボルト達でいえば、彼らの砦というわけだ」

「なるほど……ややっこしいな……えーと………まとめるとこんな感じか？」

クガはアリシアに自分用にまとめたメモを見せる。

＝＝＝＝＝＝＝＝＝＝＝＝＝＝＝＝＝＝＝＝＝＝＝＝＝＝＝＝＝＝
●通常ワープ……人間の〝転移ストーン〟または上位魔物が使用可能。転移先は階層の入口。
●召喚ワープ……眷属《けんぞく》間で使用可能。転移先は呼び出し側がいる場所に直接。
通常ワープ、召喚ワープは使ったらしばらく利用できない。

その他、魔物の本拠地へのワープは特別で無制限に使用可能。

＝＝＝＝＝＝＝＝＝＝＝＝＝＝＝＝＝＝＝＝＝＝＝＝＝＝＝＝＝＝

「そうだな。転移ストーンについては知らぬが、まぁ、概ね合っている。ただ、私は今、本拠地を全く利用していないから、ちょっと勿体ないいんだよな……」

「そうなんだな……」

そんなことなら先日のクマゼミとの待ち合わせ場所はアリシアの本拠地だったんだからワープして行けばよかったなぁとふと思うクガであった。

「わわんお……？」

クガとアリシアがワープについて話し込んでいると、ワワンオはこの人達、何しに来たんだろうというように、アリシアの顔色を窺《うかが》う。

「おぉ！　すまない、ワワンオ！　現場視察に来たのであった！」

「わわん！」

そうして、アリシアは改めて視線を現場へ向ける。

現場では、ヘルメットを被った柴犬コボルトと狼男達がせっせと働いている。

しかし、今はまだ基礎工事をしているようだった。

「うーむ……あまり進んでいないなぁ」

「いや、そんなもんなんじゃないか……？」

少し残念そうなアリシアにクガはそんな風に言う。

建設というものは何か月、場合によっては何年という時間をかけて行うものである。

「そうなのか？　ミノちゃんの城なんかは三日でできたと聞いていたのだが……」

「え!?　そうなのか!?」

「うむ……」

人間界と魔物界の常識は異なるのかもしれない。

「ワワンオ……実際のところ調子はどうだ？」

「わんわんわ……わんわわわんお」

「ふむふむ……」

アリシアはワワンオと会話している。

　ふと、クガは疑問に思う。

「……ちなみに狼男と戦った時のように血（？）による強化はしてやれないのか？」

「あー、あれは少し制約条件があるからな……残念だが常用するのには向かない」

　どうやら無制限に使用できるものではないらしい。

「それでワワンオよ……我々で手助けすることはできないだろうか……？」

「わわわんわわわんわ」

「いやいや、恐縮することはないさ。主従関係とはいえ、私は良き主《あるじ》でありたいのだ」

「わわ……わんわ……わんわわわんお」

「ふむふむ……なるほどなるほど……」

「……」

　クガは傍らで何言ってるんだろうなーと思いながら、聞いていた。

「よし！　クガ、骨を探しに行くぞ」

「あ、はい……」

　アリシアはクガに経緯を説明する。

　魔物の主従関係は〝封建制度〟のような仕組みになっている。

　つまるところ〝御恩と奉公〟というわけだ。

コボルト達に褒美《ほうび》を与えれば、最大限のパフォーマンスを発揮するという。

そこで〝骨〟だ。

コボルト達は骨が大好きなようで、褒美としては最適とのことであった。

「……で、骨ってどうやって入手するんだ？」

クガはアリシアに尋ねる。

「うーん……そこだよな。クガ、何かいいアイデアはないか？」

骨……か……。

人骨は……採ろうとしてもその前にリライブの強制転移が発動してしまうだろうし……。

うーむ……骨……骨……あっ……！

「……スケルトン……とか？」

「あ！　なるほど！　確かにスケルトンは骨だな……！」

「……しかし、自分で言っておいてなんだが、狩っていいのか？」

「特に問題はない。魔物の世界は基本的に〝弱肉強食〟だ……無暗《むやみ》に狩ったりはしないが、目的があるならそれは自然の摂理というわけだ」

「……なるほど」

「もちろん、人間が魔物を狩るように道楽やエンターテインメントとして狩ったりはしないがな！」

とアリシアは釘を刺す。

「しかし、あいつら、どこにいるのだろう？」

アリシアの疑問にクガはあることを思い出す。

「あー、確か最近、クマゼミがスケルトン狩ってたな」

◇

「というわけで、今日は骨の調達のためにスケルトンを狩っていこうと思いまーす」

アリシアがドローンに向かって今日の目的を告げる。

【お？　人間だけじゃなくて魔物を狩るときもあるのね】

【ラスボスくらいになると、気分次第で配下は狩っちゃうよね】

【パワハラ】

「違う！　ちゃんと骨の調達のためという目的があると言っただろう！」

【いいでしょう。続けてください】

【って、あれ……？　誰かいない？】

というコメントに同調するかのように、ドローンの画角が広がっていく。

クガは内心、どうしてこうなった……と思っていた。

【ユリア様とクシナちゃん……？】


クガの横には、クマゼミの聖女ユリアと新メンバーで再生士のクシナがしれっと並んでいた。

「今日はやや不本意ながら人間と初コラボすることになった」

アリシアが眉を顰《ひそ》めて言う。

【なんでいるの？笑】

ユリアとクシナがいることに対するリスナーからの素朴な質問である。

「え、えーと……一応、説明しますと……聖女と再生士どちらもアンデッド系列のスケルトンに強いジョブということで……」

クガがあまり得意でないトークで必死に解説する。

そこにユリアが割り込む。

「クマゼミをやめるつもりはないけど、遠慮する必要もない」

ユリアの言葉は前置きや主語、目的語が不足しがちであり、いまいち、わからないことが多い。

【（クガが戻って来ないからといって）クマゼミをやめるつもりはないけど、（セラの提案した追放を演じる必要がなくなった以上、クガに対して）遠慮する必要もない　ってことか？】

【ユリア通訳ニキ乙】

ユリアは肯定も否定もしないまま紅潮して下を向く。

続いて、クシナも続くのだが、配信慣れしていないせいか少々、たどたどしい。

「か、母さんが人脈は広げておいた方がいいって」

果たして彼女の母親が魔物にまで脈を広げると想定しての発言であるかは甚だ疑問であるが、ひとまずはそういうことのようだ。

昨日、クガがスケルトンの棲息地を尋ねるためセラに連絡すると、すぐに教えてくれた。そして、しばらく経つと、セラから再びメッセージが来る。

ユリアとクシナも行きたいそうだ……頼めないか……〝ガス抜き〟に……と。

セラはクガにクマゼミに戻って来るべきでないと思っているが、どうやらユリアはそうではないらしい。未だにかなりセラに不満を抱いているとのことであった。

クガとしても、自分が抜けたとはいえ、ずっとクマゼミのままでいてほしいという少々都合のいい思いを抱いていることも自認していた。

だから〝ガス抜き〟を受け入れないわけにはいかなかった。

【クシナちゃん……かわええ】

【ほっこりする】

【クガがクマゼミであげた最大の功績といえる】

リスナーの間でクシナに対するコメントが結構盛り上がる。

クシナは可愛らしい顔立ちをしていた。ボブスタイルの黒髪に明るい瞳、再生士の定番である深緑の制服のような衣装を着ている。

ダンジョンのアンチエイジング効果で見た目年齢はそれほど変わらないが、元々童顔で実年齢はユリア、ミカリより二歳若く二二歳。そのため、一部の紳士には大変刺さるようだ。

何はともあれ、クシナがクマゼミにおいて、ひとまずは可愛い後輩的な役割を得ていたようでクガはほっとする。

「それじゃー、スケルトン狩るかー」

「おぉ……」

「うん……」

アリシアの言葉にクガは同意し、ユリアも頷《うなず》き、そして各々、動き出す。


スケルトン狩りはひとまず順調に進む。

アリシアとユリアが互いに競うように立ち回るため、配信としてもそこそこ華がある。ドローンも前線の二人を映している。と……。

「クガさん、差し支えなければ立ち回りを教えてください！」

「お……？」

　クシナがクガにそんなことを言ってくる。

「え、えーと……セラとかミカリに聞いた方がいいんじゃ……」

「セラさん、ミカリさんにも勿論聞きますが、元ヒーラーであり、変人でもあるクガさんの考えをご教示いただきたいのです！」

　クシナは純粋な瞳をクガに向ける。変人とは……？

「な、なるほど……まぁ、いいか……俺のは、少し最新のパーティ構築理論とは異なるかもしれないが……」

「それで大丈夫です！」

「わかった。参考程度に聞いてくれ」

「はい……！」

「ちょうど今、アリシアとユリアが二人で前線にいるな。いわゆる二枚前線型だ……だが、クマゼミのは一般的な型と異なる」

　クガは語る。

　一般的な二枚前線型は物理攻撃特化と防衛特化で組むことが多い。

　しかし、クマゼミの場合、ユリアが魔法攻撃特化では珍しい近接タイプのため、物理攻撃特化、魔法攻撃特化の二枚という形になっている。

　前提として、パーティの四人構成は物理攻撃特化、魔法攻撃特化、回復特化、防衛 or 補助特化が最適であるとされている。

クマゼミは四人目は補助特化を選択している。

この四人構成は本来であれば、魔法タイプが遠距離攻撃と防衛も兼務する方式……即ち、前衛は物理攻撃特化一人のみとする〝物理攻撃特化エース型〟が主流である。つまるところ、サイオンのやり方は正《まさ》しく理論どおりではあった。

だが、遠距離攻撃が苦手なユリアをここに配置してしまうことで、結局、前線のセラにも負荷がかかり、歯車が噛み合っていなかったのだ。

「ここまでの話でなんとなく察しているかもしれないけど、クマゼミは超攻撃的なパーティ構成だ」

「……はい」

「物理と魔法の二人が近接型であるのに、防衛特化ではなく補助特化を選択している。つまるところ、クマゼミの回復特化には〝自分の身は自分で守る〟ことが求められる」

「っ……！　なるほどです……」

クシナは息を呑む。

加入間もないクシナには荷が重い話だろうかとクガは少し不安に思う。だが……。

「いいですね！　刺激的じゃないですか！　そういうのなんですよ！　私が求めていたのは！」

「っ……！」

クシナは少し無理やりな様子で、にかっと笑ってみせる。と……。

「お、やっぱり復活してるぞー！」

「お……？」

前線のアリシアの声がする方を見る。

そこには、先日、クマゼミが戦ったA級モンスターの〝ツイン・スケルトン〟が現れていた。

「あれ？　なんか三体になってないか……？」

白と黒の骨に加えて、灰色の骨も。〝ツイン・スケルトン＋アルファ〟がいた。

「灰色だけ少し強そうだな。私がやろう。クガと聖女女《せいじょおんな》で白と黒を一匹ずつでどうだ？」

〝ツイン・スケルトン＋アルファ〟を眼前にアリシアは言う。

「聖女女ってなによ……まぁ、わかったけど……」

ユリアはひとまず納得する。

「アリシア、待ってくれ。俺はクシナにつく……」

未知の敵を相手にクシナを一人にするのは危険とクガは判断する。

「お……？　まぁ、そうか……」

アリシアもひとまずは納得したようだ。

「いえ、クガさん！　私は大丈夫です」

しかし、クシナはそれを拒む。

「だって、自分の身は自分で守りますから！」

「……！　だが……」

そう言ったのは自分とはいえ、クシナはまだ実戦経験は乏しい。クガは判断に迷う。

「後衛に攻撃が及ばぬ程、圧倒すればいい」

ユリアが口を挟む。

「……ひとまずわかった。ユリア、黒い方を頼む」

「わかった」

そうしてアリシア、ユリア、クガの三名はそれぞれの担当スケルトンと対峙する。

結論として、三名にとってスケルトンは難しい相手ではなかった。

白、黒、灰のスケルトンを短時間で追い詰める。

【つっよ】

【吸血鬼《ヴァンパイア》さんはいいとして……】

【クガについてももう驚きはないな……】

【クマゼミの前回の戦いもユリアが前線の方がよかったんじゃね？】

【セラ：……確かに】

【セラ来てんじゃん笑】

【あの陣形もサイオンの謎采配か？】

【ミカリ：いや、あれはセラが格好つけただけ笑】

【セラ：……】

【ミカリンも来てる笑】

「随分と賑やかだな」

アリシアはそんなことを言うが、満更でもなさそうだ。

そんな和やかなムードで、その場にいた全員の気が緩んでいたのかもしれない。

「きゃぁああ！」

「「っ……！」」

悲鳴を上げたのはクシナであった。

彼女の目の前にはどこからともなく現れた大型の赤いスケルトンが迫っていた。

そして、手にしたロングソードを今にも振り抜かんとしている。

「クシナ……！」

クガは全速力でクシナの方へ向かう。

クシナが足搔《あが》くように杖をかざすのが見える。

クガはレッド・スケルトンを背後から大剣で叩きつけるように粉砕する。

「っ……」

だが……。

【うわぁあああああああ】

【クシナちゃぁあああああん】

【嘘だぁあああああ】

レッド・スケルトンの凶刃《きょうじん》はすでに振り抜かれた後だった。

レッド・スケルトンの前にいたクシナは頭が無くなっていた。

「っ……」

クガもその悲惨な光景に思わず、目を背ける。

「クガ……すまない……私がいながら……」

アリシアも申し訳なさそうにしている。

【クシナちゃん……】

【これからって時に……】

【探索って時に残酷だよな……】

探索に退場《リタイア》はつきものであるが、身内であればやはり悲しいものである。

「クガ……」

「っ……！」
気づくと傍らにユリアがいた。
しかも何かボールくらいの大きさのものを抱えている。そう……クシナの頭部である。
【ぎゃぁあああ、ユリア様、それはちょっと刺激的】
【怖い怖い！】
それはなかなか過激な光景であった。
って、あれ……？
クガは少し不思議に思う。
なんで消滅しないのだろう……。
通常、死亡するとリライブ発動のためにダンジョン外に強制転送されるのだが……。
「っ……！」
クガの頭の中で、嫌な仮説が浮き上がる。

まさか……クシナ……リライブをかけてな……。

「いやー、びっくりしました。ほぼ死にかけましたね」
「ふぁっ⁉」

驚きのあまりクガは思わず変な声を出してしまう。

【え？　え？　どういうこと？】

【クシナちゃんの声？】

「自分の身は自分で守るって言ったじゃないですか」

さっきから、なぜかクシナの明るい声が聞こえてくる。

【どういうことだぁあ!?】

【幽霊か？】【ぎゃぁあああああああ！】

リスナーも狼狽《うろた》えている間にユリアが抱えていたクシナの頭部から徐々に身体《からだ》が生えてくる。

「ほぇー」

アリシアも感心するように口を開けている。

「いやー、かけておいてよかったですね。予再生《プリ・リプレイ》。死ぬ直前なら何度でも再生できますからね」

クシナはのほほんとそんなことを言う。

【いやいや、それだけで首切られて再生できるって普通じゃねえから】

【やべえ再生力】

【グロはちょっと……】

【アラクネかよ】

【クガさん、やばい才能を発掘する】

◇

スケルトン狩りから数日後――。

人間の探索者が魔物と普通にコラボ。さらに首から胴体が生えるというセンセーショナルな治癒《ヒール》を見せた再生士クシナの功績もあり、アリシア・クガだけでなく、クマゼミもより注目を浴びていた。

再生士がダンジョンに潜るということ自体が稀であり、それに対する【貴重な再生士はリライブ保険会社にてリライブに専念すべき】というアンチコメントもそれなりについていた。

しかし、再生士であれば、誰もがあのような驚異的な治癒をできるわけではないらしく、クシナの治癒の才能《ポテンシャル》は勿論のこと、それを発掘したクガがなぜか滅茶苦茶、称賛される結果となっていた。

それはそれとして、スケルトン狩りで得た〝骨〟をもらった柴犬コボルト達のパフォーマンスは飛躍的に向上していた。

骨を所望したのは柴犬コボルトであったのだが、「いいっすね……それ……」と羨望の眼差しを向けていた狼男達にも分けてあげると彼らのパフォーマンスも急上昇したのである。

魔物の御恩と奉公は単なる主従関係の強化ではなく、基礎能力上昇の効果があるらしく、これにより、築城は軌道に乗り始めていた。

そんな時分だった。仮住まいにいたアリシアの身体《からだ》が突然、発光し始める。

「こ、これは……召喚要請だ！」

「コボルト達からの召喚ってことか？」

「あぁ……そうだな」

アリシアは理由を聞くことなく、コボルト側からの初めての逆召喚申請を受理する。

手を掴まれたクガも付帯物として、召喚に同行する。召喚されたのは築城現場であった。


ダンジョン上層43層アリシアの築城現場——。

「どうした、ワワンオ……！」

「わわわんお！」

ワワンオは前方を指差す。と……。

「っ……！」

直径1メートルはある氷塊がこちらに向かって飛んでくる。

「……」

アリシアの紅の刃により、これを切り裂く。

氷塊は数十の小さな塊《かたまり》に分割され地に落ちる。

「わんわお……」

「いや、気にするな」

申し訳なさそうなワワンオにアリシアはそのように言う。

「クガ、ドローンを……」

「お、おう……」

アリシアの指示に従い、クガは配信を開始する。

すると、再び氷塊が飛んでくる。

今度は先ほどよりサイズは小さいが、五つに分かれて飛来する。

が、アリシアは難なく全て迎撃する。

【ん……？　なんだなんだ？】

【ここは吸血鬼《ヴァンパイア》さんの城の場所だよな？】

【なんか今、氷の塊《かたまり》が飛んできていたような……】

配信開始と同時にやってきた熱心なリスナー達は困惑している。

「現在、敵襲を受けている」

アリシアは淡々とした口調で言う。

【なん……だと？】

【誰だ!?　僕の吸血鬼さんの邪魔をする不届き者は!?　この僕が成敗《せいばい》してくれる！】

【→おいおい、大丈夫か、そんなこと言っちゃって……】

【ウラカワ：俺らだよ】

【!?】【マジか】【言わんこっちゃない】

　クガはウラカワという名前に見覚えがあった。

　イビルスレイヤーのメンバーであるウラカワ本人らしき者がコメントしたのである。

「アリシア……イビルスレイヤーだ」

「イビルスレイヤー……？」

　アリシアはきょとんとする。

「いや、だから、アラクネの件で俺らに宣戦布告してきたS級パーティだよ！」

「……あぁ！」

　どうやらアリシアはアラクネと紐づけないとイビルスレイヤーの件を思い出せないようだ。

【ウラカワ：誰が俺達を成敗するって？】

【ぎゃあああ！】

【さっき成敗するとかイキってた奴、逃げろぉおお】

【ウラカワ：まぁ、モブのことはどうでもいい。聞こえるか？　吸血鬼と駄目勇者。これは始まりに過ぎない。魔物の分際で俺たちに喧嘩《けんか》を売ってきた代償はしっかりと払わせる】

「……喧嘩なんか売ったっけか？」

「彼らの弟分だったモンスタースレイヤーを俺らがやった」

「おぉ、そうなのか」

【ウラカワ：その舐《な》めた態度を改めさせるのが楽しみだ……震えて待て】

そうして、ウラカワのコメントは途切れる。

【まじか……】

【イビルスレイヤーに狙われるなんて……】

【あいつらはガチ】

「……っというか、コメントじゃなくて直接言いに来いよ……」

【確かに……】

【草】

アリシアの素朴な発言に少し和むのであった。

＊＊＊

そのころ、配信を観ていた一人のリスナーがディスプレイを見ていた。

ディスプレイには、クガのチャンネルへの大量の支援金の履歴、そして自分が先程したコメント履歴が映し出されている。

【誰だ!?　僕の吸血鬼《ヴァンパイア》さんの邪魔をする不届き者は!?　この僕が成敗《せいばい》してくれる！】

彼は先程、コメント上でイビルスレイヤーのウラカワに挑発的な発言をしてしまったリスナーであった。

普通なら報復を恐れて震えあがっていても不思議ではない。しかし、彼は違った。

「ウラカワくん、【誰が俺たちを成敗するって?】だって?　誰ってそりゃあ、僕だけど……ってあれ、しまったなぁ。裏アカの方になってたか」

クガとアリシアの知らないところで、イビルスレイヤーのウラカワはとんでもないリスナーに恨みを買っていた。

六章　悪魔狩り狩り

イビルスレイヤーの宣戦布告から一週間程度が経過していた。

「うむうむ、順調だな……」

築城現場にて、アリシアが満足そうに頷《うなず》いている。

ダンジョン上層43層――。

湖畔エリアの天候は良好。そんな湖畔エリアの昼下がり。

柴犬コボルト部隊と人狼チームによる城作りも構造組みが本格化し始め、現場は活気に溢《あふ》れていた。アリシアとクガも暇さえあれば現場に足を運び、護衛に当たっていた。

そんな時であった。

「ん……？」

クガにセラから通知がある。それはイビルスレイヤーの配信を観ろというものであった。

「え……？」

クガは慌てて端末を操作し、そしてとある配信を表示する。

〝今日はキャンプファイヤー配信をしてまーす〟

〝ひゃははは、いやー、この木は本当に、よく燃えるなー〟

「「っっっ」」

クガとアリシアは唇を噛み締める。

〝吸血鬼《ヴァンパイア》ちゃーん、駄目勇者観てるかなー？〟

ピンクの短髪の神父服を着崩したような魔導師風情《ふぜい》の男……この男がイビルスレイヤーのウラカワである。そのウラカワが舌を出しながら、アリシアとクガを挑発するような発言をする。

映像では、イビルスレイヤーが柴犬コボルト達の屋敷に火をつけていた。ダンジョン地下32層、かつてアリシアが乗り込んだその屋敷だ。

柴犬コボルト達はアリシアの城の建造のために、屋敷を出払って、労働に来ていたのだ。映像を見るに、火がついたばかりではなく、すでに屋敷全体が燃え盛っており、手遅れの状態であった。おそらく着火時点では配信しておらず、この状態になってから配信を始めたのであろう。

「クガ、ワワンオのところへ」

配信を観たアリシアは静かにそのように言う。

「あぁ……」

そう言って、クガとアリシアは現場指揮をしていた柴犬コボルトのリーダー、ワワンオの元へ急ぐ。

「わんわんお……」

クガから、映像を見せられたワワンオは哀しそうな鳴き声をあげる。

「ワワンオ、申し訳ない……」

アリシアはワワンオに謝罪する。

「わ、わんおお……」

ワワンオは優しい鳴き声をあげ、首を横に振る。

クガはいたたまれない気持ちになる。

「申し訳ない……どうすることもできないかもしれないが、せめて奴らを……」

アリシアがそう言おうとした時……。

〝さ、そろそろ撤退するかな〟

「っ……」

イビルスレイヤーはこちらの動きを予見するかのように撤退を宣言する。

ダンジョン内の階層ワープ移動については、上級の魔物と人間は同一の条件である。

しかし、どちらも連続使用はできず、転移先階層における出現場所も自由に選べるわけではなく、決まったポイントに固定されている。

そこから目的地への移動は自身の足を使うほかない。

〝サラマンダーちゃん、お疲れ様〟

ウラカワの言葉で、屋敷に向かって口から火炎を放っていた巨大なトカゲがその放出を止める。

サラマンダー……それは、かつてＳ級ボスであったモンスターである。

しかし、その身体《からだ》はなぜかボロボロに傷ついている。

〝吸血鬼《ヴァンパイア》ちゃーん、駄目勇者〜、前回のが前菜なら、これは副菜ってところだな〟

〝そして、三日後が主菜……メインディッシュだ……イビルスレイヤーの全力をもって、お前達の大切な大切な築城現場を襲撃する……！〟

「「っ……！」」

〝いやー、しかしー、このハリボテ、よく燃えたなー〟

〝ぎゃはははははは〟

ウラカワの一言にイビルスレイヤーの他の二人のメンバーが馬鹿笑いする。

そこで配信は切れる。

配信を観ていた築城現場では重苦しい空気が漂う。

「ワワンオ、クガ、すまない……私のせいだ」

アリシアは眉間にしわを寄せてそのように言う。

「わんお……？」

「私は奴らを軽視していたようだ。来たら返り討ちにすればいい。そう思っていた。しかし、奴ら……下衆《げす》であるのは間違いないが、ただの馬鹿ではないようだ」

「そうだな……」

イビルスレイヤーを卑怯と断ずるのは簡単である。

しかし、彼らは計画外の交戦を排除しつつ、アリシアらにダメージを与えるように、巧妙に立ち回っていた。

「襲撃に備え、こちらも万全の態勢を築くぞ」

「承知した」「わんわんお！」

◇

イビルスレイヤー攻城宣言から一時間後――。

時刻にして午後三時ごろ――。

とあるチャンネルの配信が突如、始まる。

「どうもー、イビルスレイヤーのウラカワでーす」

ピンクの短髪の魔導師風情《ふぜい》の男、ウラカワが愉快そうに配信を始める。

【お、またイビルスレイヤーの配信始まってんじゃねえか】

【あれから一時間しか経ってねえけども】

【また悪さするんかぁ】【まwさwかw】

「さっき、襲撃は三日後って言っちゃったんですが、間違えました。本当は一時間後でしたー」

【ちょｗｗｗ】

【そんな言い間違いあるかいな】

【この下衆《げす》野郎が！】

【アンチの断末魔《だんまつま》、最高ぅぅぅ】

「俺は今、上層43層の吸血鬼《ヴァンパイア》の築城現場付近に来てるんですがー……実はですね、地下45層にも中継が繋《つな》がっております。地下45層のへビオくん、へビオくーん！」

〝はい……〟

画面が二つに分かれる。

一つはウラカワが映った画面。

もう一つの別画面には、へビオと呼ばれた人物がややテンション低めの声で応える。声は幼く少年のようだ。しかし、実際のところ、その人物の年齢等は見た目から判断できない。へビオは対ハチ捕獲用のような防護服に身を包んでいるからだ。そんなへビオはイビルスレイヤーの一員である。

へビオは意図的にドローンに接近しているのか画角一杯を占有しており、背景は視《み》えない。

【ん？　どういうことですかぁ？】

【ウラカワとへビオは別の場所にいるってことだよな？　なんでや？】

「はい、そーでーす。ヘビオくんが今いるのは、地下45層の……」

【地下45層……!?】

【ひょっとして……】

「勘づいた人もいますかね？　そうです、ヘビオくんが今いるのは～～」

〝人狼の館の前です〟

ヘビオのドローンがズームアウトし、人狼の館の全容を映す。

更にはヘビオの傍らには、コボルトの屋敷に火を放った元S級ボスのサラマンダーもいた。

【相変わらずの下衆《げす》さｗｗｗ】

【城を攻めると言っておいて、別の城、攻めに来る畜生ｗｗｗ】

【サラマンダー完備ｗ】

【タイトル　人狼の館、燃やしてみたってか？ｗ】

〝グレイっていう人狼、結構好みなので、とりあえず館を燃やして鳴かせたいと思います〟

ヘビオはぼそぼそとそんなことを言う。が、しかし……。


〝誰を鳴かせるって？〟

〝!?〟

館の前で配信していたヘビオの背後から誰かが問いかける。

ヘビオは振り返る。

館の中から出てきたのは人狼兄であった。

〝あれ……人狼いるね……どういうことだろ？〟

人狼達はアリシアの城を建てるために出払っていたはずだった。

〝アリシアの姉御にすぐに城に戻るように指示されただけだが……？〟

〝……〟

【あ、ウラカワさん、吸血鬼《ヴァンパイア》も配信始めたみたいっすよ】

「あん？」

ウラカワはやや不満そうに端末を操作しアリシア達の配信を流し始める。

〝こんにちは、リスナーの皆さん……アリシアです〟

ウラカワが観る映像では、築城現場にいるアリシアがリスナーに向かって挨拶《あいさつ》をしている。

〝やはり、なんとかスレイヤーの襲撃はすでに始まっているようです。〟

奇襲されたはずのアリシア達に焦った様子はない。

〝清々《すがすが》しい程の悪ではあるが、驚きはない。この戦い、正面から受けて立つ！〟

アリシアはそんな風に宣言する。

「はは……魔物が俺達を悪呼ばわりとはよく言うじゃねえか……」

ウラカワは呟《つぶや》くように言う。

「おい、ヘビオ、分かってると思うが、人狼は城に戻っているようだ……」

配信越しにウラカワはヘビオに伝える。

〝別に問題ないよ〟

ヘビオは淡々と応える。そして……。

「なぁ、吸血鬼《ヴァンパイア》ちゃーん、見てるのぉ？」

ウラカワはねっとりとした声で自身のドローンに囁《ささや》きながら手を振る。

画面越しのアリシアの視線が動くことを確認する。

「すぐに館に人狼を戻したのは偉かったねー」

画面越しのアリシアは怪訝《けげん》そうな表情を見せる。それを見てウラカワの口元が少し上昇する。

「でもさー、吸血鬼ちゃーん、実はもう少しサプライズがあるんだよねー」

ウラカワがそう言うと、イビルスレイヤーの配信画面が四つに分割される。

それを見たアリシア、そしてクガは同時に唇を噛み締める。

イビルスレイヤーの放送で追加されたのは二つの画面である。

可能性としては考えられた。しかし、一時間ではそこまでの準備ができなかった。

一つ目に映っていたのは、クマゼミ。

そして、二つ目に映っていたのは、ミノタウロスのミノちゃんであった。

＊＊＊

ダンジョン地下37層　洞窟――　クマゼミ撮影ドローン――

「これってどういう状況ですか？」

再生士のクシナは自身の置かれている状況をすぐには理解できなかった。

その日、クマゼミの四名は地下37層の洞窟にて、配信を行っていた。そのクマゼミの前に、一体の魔物が現れる。

「っ……」

クマゼミの剣聖、セラは唇を噛み締める。目の前に現れた魔物……それは……。

「……アラクネ」

【うぎゃぁあああ、アラクネだぁあああ】

【なんでこんなところに!?】

上半身が人間の女のような姿、下半身が蜘蛛《くも》のような姿の魔物……それは元S級ボスのアラクネであった。先の戦いで追い詰められ、その後、クマゼミの元メンバーであったクガの助けもあり、難を逃れた相手。その後、弱ったところをイビルスレイヤーに仕留められたはずの魔物である。

「あれって皆さんが先日、戦ってたS級魔物ですよね!?」

当時、クシナはメンバーではなかったが、クマゼミのアーカイブ配信でアラクネの姿を知っていた。

「そうよ……」

付与術師のミカリがクシナの問いに応える。

「でも……」

アラクネであるのは間違いなさそうであるが、どうも様子がおかしかった。

【なんかすでに満身創痍《まんしんそうい》って感じだな】

【アラクネゾンビか?】

すでに戦った後であるかのように、全身傷だらけであり、無理やり、縫合されたような跡がある。更には、アラクネの近くにドローンが漂っている。

「どういう理屈かはわからないが、イビルスレイヤーの仕業か……」

セラが推測を呟《つぶや》く。

【そうっぽい！　イビルスレイヤーの配信でここの映像が映ってる！】

【うわ、本当だ！　他の場所も同時に襲撃してるみたい】

イビルスレイヤーの配信映像にアリシアや人狼の姿が映し出される。

「……なるほど……クガと交友関係があるから、人質的に狙われたってところだな」

その時だった。

【ウラカワ：ご明察】

クマゼミの配信画面のコメント欄にウラカワが現れる。

「っ……!?」

【うわぁああ、ウラカワ来たぁあ】

【本物か!?】

【ウラカワ：お前らは駄目勇者と仲良しみたいなので、ターゲットとなりました。魔物と仲良くしちゃー駄目だよねー？　というわけでアラクネちゃんとの再会をお楽しみいただければと思います】

「っ……」

セラは眉間にしわを寄せる。

＊＊＊

ダンジョン上層46層　闘牛の館――　ムシハラ撮影ドローン――

「はい、どうもムシハラです」

「カメオカだ」

嬉々《きき》として挨拶《あいさつ》をする二人はイビルスレイヤーのメンバーである。

ムシハラは虫取り網を持った甲高い丁寧口調の男。もう一人のカメオカは大型の亀の甲羅を背負った恰幅のいい男だ。

「それで、カメオカさん、今日は元S級ボスのオーガくんも一緒ですよ」

「だろうな、さっきから横にすごい威圧感を感じてるんだが」

ドローンがズームアウトし、二人の横に佇んでいた、棍棒《こんぼう》を持った巨大な鬼面の男が映し出される。紹介された元S級ボスのオーガである。しかし、オーガの左腕にもサラマンダーやアラクネ同様に痛々しい縫合痕がある。

【怖っ】

【お、オーガも投入か】

「そうです、これは出血大サービスですよ。でね、更に、今日はこれだけじゃないんですよ」

「え!? まだいるの？」

ムシハラの仕切りにカメオカは白々しく驚く。

「そうなんです、ほら、見てください。ここがどこだか分かりますかね？」

ドローンがムシハラの視線の先を映し出す。

「むむ？　ここはまさか……乳牛の館!?」

「いやいや、闘牛……！　闘牛ですよ！」

【ははは、乳牛草】

【笑】

二人のややシュールな掛け合いは、彼らのリスナーには、そこそこ受けている。

「というわけでな、今日はあのS級ボスのミノタウロスをね、ちゃちゃっとやっちゃいたいと……思いまーす」

＊＊＊

ダンジョン上層43層アリシアの築城現場――　クガ撮影ドローン――

「っ……」

人狼の館、クマゼミ、そしてミノタウロスへの同時襲撃。

イビルスレイヤーの配信に映し出された内容に、クガとアリシアは唇を噛み締める。

「クガよ……人間とは、なかなか痛いところをついてくるじゃないか……」

「あぁ……そうかもな」

【ウラカワ：そして、吸血鬼《ヴァンパイア》さーん、君達がいるここにも誰もいないわけじゃありませーん】

クガの配信のコメント欄にウラカワが書き込みをする。と、同時に築城現場の周辺に隠れていた子鬼のような姿の魔物がわらわらと姿を現す。

「こやつらは……」

【ウラカワ：イナゴブリンゾンビの群れでーす】

【イナゴブリン……だと……】

【しかもこんなにたくさん……】

一体一体はそれほど強くないが、群れることと独特な動きをすることで、対峙するとイライラする魔物Ｎｏ・１の異名を持つ魔物であった。

「わんわんお！」

築城現場の警護に当たっていたワワンオが吠えると、コボルト達が戦闘態勢に入る。

「すまんな、ワワンオ……君達の屋敷があのような事態になったばかりだというのに……」

「わんわ、わんお！」

ワワンオは凛《りん》とした表情で応える。

「かなり不愉快な事態であるのは確かだ……」

アリシアが呟《つぶや》くように語る。

「だが、大前提として、ミノちゃんはＳ級ボスだ……あんな奴らには負けない……！」

「……」

クガは少し考える。やや悩んだが、自身の考えを述べることにする。

「……そうだといいが、奴らはS級パーティだ。過去にサラマンダー、オーガ、そしてアラクネを狩っている」

「……」

「状況を見極める必要がある」

「わかった……逆にクガの方は大丈夫なのか？　クマゼミは前回、アラクネに敗れかけていたよな……？」

「……状況を見極める必要があるという点では同じだな」

「……承知した」

「わわんおー！」

四方八方からイナゴブリンが飛来する。

「わんわ、わんおー！」

「よし、コボルト達、補助魔法をかける！」

アリシアは自身の左手親指を噛み、そこから出た紅い光を柴犬コボルト達に振り撒《ま》く。

「有り難き幸せ……」

強化《バフ》により言葉を話せるようになったワワンオはアリシアに感謝を述べる。

「……やめてくれ」

アリシアはコボルト達の城を燃やされたことに責任を感じているためか、思わず目を逸らす。

「ぐぎゃ」

アリシアの血による強化《バフ》をかけてもらい臨戦態勢となった柴犬コボルトが棍棒《こんぼう》で、イナゴブリンを叩きつける。

イナゴブリンは絶命、消滅する。

一対一においては、柴犬コボルトがイナゴブリンよりも優勢である。

「ぐるぅううう」

「わ……わんお……」

しかし、局面においては数的優位を作られる。

「わんおぉぉぉお」

犠牲ゼロというわけにはいかない。

「あぁ……！」

アリシアはかなり狼狽《うろた》えた様子でその光景を見ていた。

「……大丈夫か？」

「な、何がだ……」

「いや……」

こいつは魔物に向いていないのではないか……。

クガはそんなことを考えずにはいられなかった。と、その時……。

〝きゃあああ！〟

「「っ……！」」

イビルスレイヤーの配信中画面から可愛らしい女性の悲鳴が聞こえてくる。

それはアリシアの友人の悲鳴であった。

「ミノちゃん！」

思わずアリシアがその名を叫ぶ。

＊＊＊

ダンジョン上層46層　闘牛の館――　ムシハラ撮影ドローン――

「オーガくん、頑張ってください！　先輩の威厳を見せてください！」

「ぐぉおおおおお！」

「っ……」

同程度の体格を持つオーガとミノタウロスが斧と斧をぶつけ合い、つばぜり合いをしている。

「観てください、今ね、世にも奇妙な萌《も》え声の牛とね、オーガくんのゾンビがね、戦いを繰り広げてるわけなんですよ」

虫網を持ったムシハラは丁寧語ではあるが、愉しげに状況を解説する。

「おっす！　これ、ひょっとして、初めてなんじゃないか？　S級ボス同士の戦いって……！」

巨大な亀の甲羅を背負っているかなり恰幅のいい男であるカメオカもムシハラ同様に興奮気味に語る。

【確かにS級同士のガチンコバトルってのは初めてみたかもなー】

【どっちが勝つんやろ】

【って、片方、すでに死んでるやん笑】

「このぉおおおお！」

「おっ!?　今ですね、ミノちゃんがちょっと押してますね。いやー、本当、鳴き声は可愛いんですよねー」

【目をつむると可愛いんだけどね】

【鳴き声って虫扱いで草】

「せやぁ！」

ミノタウロスが振り下ろした斧がオーガの左上腕を掠《かす》める。

「あ！　オーガくんがちょっと斬られちゃいました」

が、しかし……。

「っ!?　きゃあっ！」

オーガは一切、怯むことなく、反撃し、斧を横に振り回す。

その一振りが同じくミノタウロスの左上腕を掠める。

「オーガくんはね、痛みを感じないんですね。死んじゃってるからってわけじゃなくて、もうこの子は生きてる時から痛みを感じない鈍感な子だったんですよ」

ムシハラはやはり愉しげに語る。

「まぁ、私としてはね、どちらが勝つのか非常に興味があるんですが、やっぱりオーガくんは味方なのでね、少し甘やかしていきます」

【出たw　恒例の甘やかし】

【甘やかしたらあかんw】

「毎回ね、リスナーさんからは甘やかしすぎだって言われるんですけどもね、私も鬼じゃないですからね。少しは優しさの片鱗《へんりん》を見せていきたいと、そう思っているんですよ」

ムシハラはそんな風に言う……と、

「っ!?」

ミノタウロスは驚く。自身の懐にムシハラがいた。

ムシハラは手に持っていた虫網をミノタウロスに向けて振り抜く。

「きゃあああ！」

ミノタウロスの左脚にズドンという重い打撃がのしかかる。

「っ……！　この……！」

ミノタウロスも負けじと反撃を試み、斧を振り下ろす。

しかし……。

「ふんぬっ!!」

「っ……！」

ガキンという音が響き、斧は硬いモノに防がれる。亀甲《きっこう》……巨大な亀の甲羅が、斧の進行を阻害する。

「相変わらずカメオカさんのは硬いですねー」

「おうよ！」

そう言ってカメオカは甲羅からひょっこりと首を出す。背負った巨大な亀甲はカメオカと一体化しており、頭部と四肢も格納することができる防衛特化型のプレイヤーだ。

【戦い方のクセが強いｗ】

【しかし、見た目に反して普通に実力派なのよね、この二人】

見た目はふざけているように見えるが、虫網も亀甲もA級の魔物からのレアドロップ装備であった。何より彼らはS級魔物を何体も狩っているイビルスレイヤーの一員だ。加えて、元S級魔物のオーガもいる。ミノタウロスが窮地《きゅうち》に立たされることは不思議なことではなかった。

＊＊＊

ダンジョン上層43層アリシアの築城現場――　クガ撮影ドローン――


「っ……！」

アリシアは友人の思わぬ苦戦に唇を噛み締める。

「アリシア……」

そんなアリシアにクガは声をかける。

「……なんだ？」

「行ってこい」

「え……？」

「行きたいのだろう？」

「……っ……だが」

確かにワープを使えばミノタウロスのいるフロアまではすぐに移動できる。しかし、一度ワープすると次のワープまでは間隔を要する。すなわち一度ワープすればすぐには戻ってこられない。故にアリシアは躊躇《ちゅうちょ》していた。アリシアは改めて、目の前の光景、そしてその他二つの襲撃現場の状況に目をやる。

幸い、イナゴブリンは数は多いが、柴犬コボルト達は次第にワワンオを中心とした統率の取れた防衛を行えていた。

人狼の館、クマゼミについても現時点で状況が悪化しているわけではない。

襲撃数に関しても人狼の館は元S級モンスター一体、イビルスレイヤーのメンバー一人であるのに対して、ミノタウロスに対しては元S級モンスター一体に加えて、イビルスレイヤーのメンバーが二人いる。頭数だけでいえば最も不利である。

「クマゼミは……？　クガの元仲間は大丈夫なのか？」

「……どうだろうな」

「っ……なら……」

「だが、アリシア……人間はやられても完全に死ぬわけじゃない」

「っ……！」

「二度とダンジョンに来ることはできないけれど、それでも消滅してしまうわけじゃないんだ」

「……」

「だから……ミノちゃんのところへ行ってやれ」

リスナーからも後押しするコメントが並ぶ。

【クガの考えを支持する……！】

【クマゼミを観れなくなるのは嫌ではあるが……確かにそうだ……】

「っ…………すまない」

アリシアは唇を噛み締めるようにしながらも、クガの提案を受け入れる。

そして、アリシアは叫ぶ。

「ワワンオ！　コボルト達！　そのままでいい！　耳を傾けてくれ！」

「「「わんっ……！」」」

「私は、友の救援のため、この場を離れる……！　この城の主《あるじ》であり、そなた等《ら》の主である身として申し訳ない……！」

「「「……」」」

「だが、ここには私の何者かであるクガがいる。周知のことと思うが、私が誰よりも信用している者だ！　以降はクガの判断を仰いでくれ！」

「「「わんおわんお！」」」

柴犬コボルト達は分かりましたと言うように、一斉に吠える。

「そしてもう一つ……いざとなればこの城は見捨ててくれて構わない！」

「「「わんお……？」」」

「……アリシア」

「以上だ。すまない……！」

「「「わんおぉおおおお!!」」」

【【【わんおぉおおおおお!!】】】

柴犬コボルト達はまるでアリシアを励ますように、遠吠えする。

なぜかコメント群もコボルト達に呼応するように吠える。

「っ……！」

アリシアは唖然《あぜん》とする。

「ほら、早く行ってこいってよ」

クガはそんな風に柴犬コボルトの思いを代弁する。

「……あぁ、行ってきます」

アリシアは歯を食いしばる。

「あ、そうだ、アリシア、これを持っていきな」

「……これは？」

「こんなこともあろうかと、二つ目の配信用ドローンをクマゼミから貰《もら》っておいた。どう使うかはアリシアに任せるがな……」

「……承知した。恩に着る。じゃあな……」

クガはアリシアがワープエフェクトと共に消えるのを確認する。

よし……とクガは心の中で、気合を入れる。

「やるぞ……！　コボルト達……！」

「「わんおぉおおおお!!」」

クガの声かけにコボルト達も応えてくれる。

クガは久し振りに……クマゼミにいたころのように〝護《まも》る戦い〟のスイッチを入れる。

＊＊＊

ダンジョン上層46層　ワープの間――　アリシア撮影ドローン――

「……よし」

アリシアはミノタウロスのボスの城である闘牛の館がある上層46層にワープしてきた。

しかし、ワープ先はあくまでも上層46層の入口である。ここから闘牛の館までは自らの足で移動する必要がある。

急がねばならぬ……。

アリシアは唇を噛み締める。しかし、一つ、問題があった。

それはアリシアは闘牛の館の場所を知らないことであった。

二人が会うのは基本的にいつも魔物の街であり、ボスの城とは魔物にとって互いに不可侵の領域であるのだ。故に、アリシアは闘牛の館を訪れたことは一度もなかった。

なんとかして闘牛の館を早急に探さなければ、手遅れになる。

アリシアは駆け出す。

＊＊＊

ダンジョン上層46層　闘牛の館――　ムシハラ撮影ドローン――

「おっ？　吸血鬼《ヴァンパイア》のやつ、こっちに向かってるみたいだな」

アリシアの配信を確認していた亀甲《きっこう》を背負ったカメオカが笑みを浮かべながら言う。

「え……？」

その言葉にミノタウロスが反応する。

「いやー、まさか城をほっぽりだして、牛を助けに来るとはちょっと予想外ですねー」

虫取り網を手に持つムシハラは敬語であるが、ねっとりとした口調で言う。

「確かに……って、いきなり逆方向行っちゃってんじゃん」

「おーい、こっちですよー」

「「…………ぎゃははははははは」」

イビルスレイヤーの二人は大笑いする。

「間に合うわけねえじゃんよ！」

「ですよねー、やっぱり魔物は力があっても、頭が少し足りないようです」

「っ……」

ミノタウロスは顔をしかめる。

＊＊＊

ダンジョン地下37層　洞窟──　クマゼミ撮影ドローン──

「どこかで見覚えがあると思えばあの時の……弱小パーティじゃないの」

クマゼミの前に現れたのは、上半身が人間の女のような姿、下半身が蜘蛛《くも》のような姿の元S級魔物アラクネだった。

「お前はイビルスレイヤーに討伐されたんじゃなかったのか？」

クマゼミの剣聖セラはアラクネに尋ねる。

「そう……だから……コノヨウナ……クツジ……」

「……？」

「あら、ちょっと馴染んでいないところがあったようね……言い直すわ。だから、このように、復活を遂げて、イビルスレイヤー様に服従を誓ったってわけ」

アラクネは、一瞬、かくかくした喋《しゃべ》り方を見せるが、その後は滑らかな口調で語り出す。

【どういう原理か知らんが、イビスレは討伐した魔物を配下にできるみたいなんだよな】

【やばすぎる】

痛々しい傷痕があるものの、言動や思考については以前のアラクネと大きく違いはないようだ。そのアラクネは嬉々《きき》として語り出す。

「ちょうどよかったわ。貴方達のことを逃して、消化不良だったのよ。少し前回とメンバーが違うような気もするけど……」

「あぁ、〝少し〟違う」

セラは静かに返答する。

「あ……でもあいつは来ないわよね……？」

饒舌《じょうぜつ》であったアラクネはその瞬間は、少々、引き攣《つ》ったような表情を浮かべる。

「そうだな……おそらくは来ないんじゃないか？」

セラの回答にアラクネからは安堵の表情が読み取れる。

「え!?　クガさん、来てくれないんですか!?」

逆に、それを聞いていた再生士のクシナが驚く。

「多分な……あっちはあっちで忙しいだろうし……それに……今のクガの優先度的には俺達は高い方ではないだろう」

【あっちはもっと大変そうだぞー】

【さっき死んだら消滅する魔物を優先するってクガが発言してたぞ】

「え⁉　本当ですか……！」

クシナの焦りの色が濃くなる。

「クガに来てもらう必要はない」

が、しかし横で聞いていた聖女……ユリアがそのようにぽつりと呟《つぶや》く。

「え……？」

「だって、クシナが入ってくれたじゃない」

戸惑うクシナに、付与術師のミカリが明るく言う。

「っ……！」

その言葉にクシナはハッとしたような表情を浮かべる。

そんなクマゼミのやり取りを見ていたアラクネは明らかな不快感を表していた。

「聞いていて、少々、気分が悪いのだが、要するに自分達だけでなんとかできるってことを言っているのかしら？」

「……そのつもりだ……！」

その返答と同時に、セラは剣を抜き、アラクネに突撃する。

「っ……！」

アラクネは咄嗟《とっさ》に、その剣を左前脚で防ぎ、つばぜり合いとなる。

「前回は手も足も出なかったくせに、随分と粋がるわね……」

セラは応えない。

「だったら、すぐに思い出させてやるわよ……！」

アラクネはセラを貫かんと右前脚を振り上げる。と、その時であった。

「魔法：聖なる騎士《ホーリーナイト》」

「なっ……！」

高速で接近してきたユリアが乱暴に杖を振り下ろす。

「ぐあっ……！」

アラクネの右前脚と右中脚は、杖が通過した部分が消滅している。

アラクネは思わず、顔をしかめ、バックステップで距離を取る。

しかし、破損個所はたちまちに修復されていく。

「……再生能力は健在か」

セラも同様に顔をしかめる。やはり一筋縄ではいかないようだ。

しかし今回は、驚きの度合いはアラクネの方が大きいようだ。

「……どういうことだ？　聖女《そいつ》は後衛を漂ってるだけの雑魚《ざこ》だったはず……」

「あー、そうだな、作戦変更だ」

セラは特に表情を変えることなく、そのように返答する。

【うぉおおおお！　ゴリア様来たぁああああああ！】

【ゴリア帰還】

【俺達のゴリア様が帰って来たぞぉおおおお】

「その呼び方はやめろ……」

ユリアは不満気にぼそりと言う。と……。

「魔力強化《マナブースト》」

更に、ユリアの身体《からだ》の周囲を赤紫色の光が上昇するような強化エフェクトが発生する。

ミカリの付与魔法である。

「行くよ……」

ユリアは杖を担ぎ、アラクネに向かっていく。

【うぉおおお、がんばれぇえええ！】

【クマゼミ、いけるぞぉおお】

戦闘は続き、セラとユリア、アラクネとの接近戦は熾烈《しれつ》を極める。

状況としては、クマゼミがやや優勢に見えなくもない。

だが、アラクネの修復能力は健在であり、決定打に欠けていた。

「少し驚いた……しかし、クガという男ほどではない」

「っ……」

「そこの男の方は以前と変わらず凡庸……」

アラクネに指差しされたセラは顔をしかめる。

「それに……そもそもこの戦術は、後衛が手薄になるリスクと引き換えよねぇ！」

「「っ……！」」

アラクネは強靭な太い糸を後衛目がけて放出する。

「させるか……！」

セラは咄嗟《とっさ》に、その糸を自身の左腕で止める。

「かかったな……」

「っ……！」

粘性の高い糸がセラの左腕に絡みつき、アラクネの口角が吊り上がる。

「っ……！」

が、直後にセラがとった行動に、アラクネも目を見開き、驚く。

「っっっら……！」

【ぎゃぁあああ、セラぁあああ】

【痛たたたたた】

セラは右手の剣で糸が絡みついた左腕を切断したのである。切断面からは血が噴き出る。

「なんだそれは……自殺か？」

アラクネは随分と軽くなった獲物から糸を切り離しながら、呆れたように言う。

「そうでもねえさ……」

「は……？」

「治癒《ヒール》……！」

後方から凛《りん》とした声が響く。

その声と同時に、セラの切断された左腕がうねうねと生えてくる。

「っ……！」

【出たぁああ！　クシナちゃんのアラクネ顔負けの再生力】

【相変わらず再生速度がえぐい……！】

「……なんだと？」

アラクネにコメントは届いているわけではないが、顔には焦りの色を浮かべている。

「魔力強化《マナブースト》」

ユリアの身体《からだ》の周囲を赤紫色の光が上昇するような強化エフェクトが発生する。ミカリは状況の如何にかかわらず、淡々とユリアへの魔力強化付与を続けている。

「っ……！　小賢《こざか》しいのよ!!」

アラクネは攻撃のギアを上げる。脚による凄まじい連撃が最前線で構えるセラに襲いかかる。

「くっ……！」

セラもなんとかそれをロングソードで受け、いなす。

セラが下半身の攻撃を防ぐのに手一杯である間に、アラクネは上半身から糸の塊《かたまり》のような弾丸をセラの後方にいたクシナに向けて放つ。

【やばい……！】

【クシナちゃん……！】

アラクネは確信する。

これで確実に一人は仕留められる、と。

前回の戦いにおいて、クマゼミはヒーラーを守るため、近くの仲間が盾となる立ち回りをしていた。つい先程もセラはクシナを庇《かば》おうとしていた。

だから、今回も後衛の付与術師《ミカリ》がヒーラー《クシナ》を庇うであろうとアラクネは予想した。

だから、その次の瞬間、耳に入ってきた音には驚きを禁じ得なかった。

「魔力強化《マナブースト》」

「っ……!?」

ユリアに強化エフェクトが発生する。

付与術師であるミカリはまるで何事も起きていないかのように淡々と強化魔法を継続する。

であれば、当然、糸の弾丸は何の障害もなくクシナへ向かっていく。

【うわぁあああああ】

【クシナちゃん、逃げてぇえええええ！】

「いざとなったら、自分の身は自分で守る……！　それが防衛特化のいないクマゼミ《うち》のやり方……！」

クシナは糸の弾丸の進行方向に対して垂直方向に全力疾走する。

「私、これでも学生時代は体育で、ぶいぶい言わせてたんだからぁああああ!!」

洞窟内に大きな破壊音が響き渡る。

糸の弾丸が着弾した音だ。

そしてその破壊の範囲外にクシナがうつ伏せになっていた。

【うぉおおおおお、ナイスダイブぅううう……！】

【かなりギリギリだったな】【体育でぶいぶいとは……？】

「……やった。避けられた！　一人で……！」

クシナは次の攻撃に備え、すぐに立ち上がる。

「っ……」

まさか、ヒーラーを放置するとは……。

そして、ヒーラーも自身のみで回避し切るとは……。

アラクネは自身のこれまでの戦略が思惑どおりにいかず、一時的に思考停止してしまう。

「魔力強化《マナブースト》」

「っ……！」

その付与強化の宣言はアラクネの聴覚に不気味に響き渡った。

さっきから何度も馬鹿の一つ覚えのように、一人の魔力を強化し続けている。

そういえば、その対象の女は妙に静か……。

「っっ……!?」

ふと、その女を見ると、空間が歪んで見える程の威圧感が取り巻いている。

「これくらいでいい？」

「そうだな」

ユリアが尋ね、セラが応える。

アラクネはそれまでなかったはずの明確な死への恐怖を感じ、冷や汗をかく。

「お前の再生力は脅威だからな……だが、再生力を崩す方法は太古の昔から決まってるんだ
……そう。一撃で仕留めること」

「っ……」

「俺達にとって、その火力を捻出することは簡単なことじゃない」

「準備に入る」

ユリアはそう言うと、アラクネから少し離れた位置で、両手を合わせ、祈るようなポーズを始める。彼女の周囲の魔素が純白の光となって収束する。

色濃くなる死の予感に、アラクネも反撃を試みる。

「うぉおおおおお!!」

必死……。

必死に、一刻も早くユリアへの攻撃を企てるほかない。

「っ……!」

当然、それを妨げる者がいる。

「させねえぞ……アラクネ」

剣聖のセラが立ち塞がる。

関節が軋《きし》むような音が断続的に響く。

セラとアラクネの生死をかけたぶつかり合い。

「っ……」

両者共に言葉を発する余裕もない。

リスナーすらも固唾《かたず》を呑む。

だが、二者の力量は互角ではない。

あの日からそれ程、時間は経っていない。

たとえ、覚悟が違ったとしても、力関係が劇的に変化する程の時間は経っていないのだ。

即ち、徐々に、アラクネが優勢になり始める。

セラが僅かながら後手になり、それが少しずつ積み上がっていく。

そして、その時は来る。

「っ……！」

セラの掌《てのひら》から剣が後方へ弾き飛ばされる。

【あぁあああぁ！】

【やばい……！】

「っ……」

セラは丸腰となり、唇を噛み締める。その時であった。

「カイ……」

「っ……!?」

「カイ……ウ……シテ……」

聞き間違いであるかもしれないと、思う程、微かな声がアラクネの口から漏れ出すのをセラは耳にした。

「っ……！」

その言葉に奮起したという程でもないが、セラは振り返り走る。そして、弾き飛ばされた剣へと手を伸ばす。

しかし、アラクネはそれを阻止するかのように、口から糸を出し、剣へと飛ばす。

そして、その糸は棒状の獲物を捕らえ、アラクネの元へ手繰《たぐ》り寄せる。

「……!?」

が、しかし、アラクネは驚く。

自身の元へ戻ってきていたのは、剣ではなく、人間の腕であった。

それは先刻、セラが自切した左腕であった。

セラは咄嗟《とっさ》に、地面に落ちていた自分の腕を投げ、剣の身代わりにしたのである。

「クガほど、圧倒してやれなくて悪いな……だが、成仏させてやるよ……！」

そう言って、本物の剣を拾ったセラは再び、アラクネに突撃する。

「ぐっ……！」

セラは剣をアラクネの胸部に突き刺す。

「このぉ……！　ソレデイイ……　離れろぉおお！」

アラクネは剣を抜こうと抵抗するが、セラは剣を離すことなくアラクネの動きを封じる。

そして……。

「ユリア！　俺ごと、やれ！」

時は満ちた。

「なんだそれは……！」

アラクネの眼に、全身が眩《まばゆ》い白光で包まれた女の姿が映る。

「わかった。セラごとやる」

急速に接近したユリアが……。

「魔法：白き聖なる騎士《ホワイト・ホーリー・ナイト》」

「っ……ぎぃあぁあああああああ!!」

その杖を叩きつける。

聖なる光に包まれたアラクネの身体《からだ》はまるで融《と》けるように、消滅していく。

「………アリガ……トウ」

「っ……」

断末魔《だんまつま》の中、微かにその声が耳に残る。

ユリアの一撃に、アラクネは姿すら残らぬほどに霧散した。

【うぉおおおおおおお!!】

【やりやがったぁあああああ！】

【クマゼミ、初のS級撃破、おめでとうぉおおお！】

【ゾンビだったから、正式ではないのかな】

【そんなの関係ねぇえええ！】

【うぉおおおお！　ゴリア様ぁあああああ！】

次々に祝福のコメントが流れる。

「ひゅう……ひゅぅ……ひゅぅ……」

身体《からだ》の三割くらい損傷したセラが、呼吸困難で、ぶっ倒れているのだが、リスナーはあまり気にしていない。

「お疲れ様です……」

流石《さすが》にこのまま死なせるわけにはいかないので、担当者《クシナ》が彼《セラ》に近づく。

「正直……結構、かっこよかったですよ……治癒《ヒール》」

＊＊＊

クマゼミが快挙を成し遂げたころ——

ダンジョン上層46層　闘牛の館——　ムシハラ撮影ドローン——

「つかは……！」

オーガとイビルスレイヤーによって、身体中に裂傷を刻まれたミノタウロスが片膝をつく。

「そろそろ仕上げといこうかね、ムシハラぁ」

「そうですねカメオカさん、あまりゆっくりしていると、吸血鬼《ヴァンパイア》が来てしまうかもしれないので」

「そうだな」

その吸血鬼のドローンはある時を境に配信が止まっていた。

「だけどまぁ、闘牛の館《ここ》への道のりは無駄に迷路になってるからな」

「そうですね、いきなり逆方向に行ってた吸血鬼がたどり着くのはいつになることやら……」

「もう着いたぞ」

「「っっっ!?」」

ムシハラ、カメオカの後方からややあどけなさの残る透明感のある声が聞こえ、二人は激しく肩を揺らす。

「吸血鬼ちゃん……」

ミノタウロスもその声に気づき、もたげていた頭を前に向ける。

「ミノちゃん、すまない、遅くなった……」

「……そんなこと……ごめんね……迷惑かけて……」

ミノタウロスの声には少し涙が交じっていた。

「ど、ど、どうして？　吸血鬼がここに!?」

「この短時間で、あの入り組んだ迷路を突破してきたというのですか!?」

「そうだが？」

「「……っっ……」」

ムシハラとカメオカは信じられないというように絶句する。

しかし、実のところ、アリシアがこんなにも早く闘牛の館にたどり着けたのには理由があった。

◇

少々前の出来事――

アリシアが築城現場から闘牛の館のあるダンジョン上層46層、ワープの間へ来てからしばらくしたころ―― アリシア撮影ドローン――

ダメだ……わからない……。

アリシアは焦っていた。

上層46層は、迷路のように入り組んだ道となっている。道が分からなければ闘牛の館にたどり着くまでかなりの時間がかかってしまう。

……どうすれば……どうすればいい？

「っ……！」

その時、アリシアは一つの方法を閃《ひらめ》く。

この方法なら、もしかしたら迅速に、たどり着けるかもしれない。

しかし、アリシアは躊躇《ちゅうちょ》する。

だけど、それはそれほど、長い時間ではなかった。

「皆、すまないが、配信を限定公開にする方法を教えてくれ……！」

【……】

【……？　皆って俺らのことか？】

「そうだ！　クガから熱心なファンだけに限定公開することができると聞いたことがあるのだ。そこなら嘘の情報が書き込まれることは少ないと聞いたんだ！」

【……！】

【メン限のことかな？】

【ドローンに指示すればできると思うよー】

「……ありがとう」

アリシアはリスナーの指導により、メンバー限定公開にすることに成功する。

これで、この配信を観ているのはアリシア達の熱心なファンだけとなったことになる。

「皆、頼みがある……」

いつも愉快でちょっと危険な人間のリスナー達……。

しかし、不安もあった。

果たして、魔物である自分が人間を殺しに行くことを助けてくれるのだろうか？　……それでも……。

「闘牛の館の場所を教えてくれはしないだろうか……」

【……！】【……！】【……！】

アリシアの頼みにリスナー達は一瞬、沈黙する。だが……。

【すまん、俺、知らない。誰か分かる奴おるか？】
【ごめん、俺もわからない……】
【俺、わかる！】
【うぉおおお、ナイス！　さぁ、早く伝えるんだ！】
【任せろ！】

「……ありがとう」

この日、初めて、アリシアはクガ以外の人間に頼った。

◇

そして、現在――ダンジョン上層46層　闘牛の館――　アリシア撮影ドローン――

「ま、まぁ……ちょっと想定外ではあったが、想定内だ」

「そうですね、ミノタウロスはすでに虫の息、いまさら吸血鬼《ヴァンパイア》が一匹増えたところで……」

カメオカとムシハラがそのように状況を整理しかけた。

「ウゴゥウウ」

「「っっ……!?」」

しかし、すぐにその認識が間違いであったと気づく。

元S級モンスター、オーガ。頑強であるはずのその身体《からだ》に穴が空いていた。

アリシアの方を見ると、背中から四本の巨大な紅い触手が生えていた。

オーガの身体から触手を勢いよく引っこ抜き、アリシアはその視線をムシハラ、カメオカに向ける。

「い、いやー、凄い魔物ですねー、今までの配信で見せていた姿は全然、本気じゃなかったってことですねー」

「む、ムシハラ、呑気《のんき》に実況してる場合じゃ……！」

「いや、もうこれ逆に実況するくらいしかやることないですよ」

「……！　う、うわぁあああああ!!　ぎゃぁあああああ!!」

「今まさに……！　私の身体を触手が貫いており…………ぐふっ……ぶべっ……」

【リアルタイム修正システム発動中】

【グロ注意……グロ注意……】

＊＊＊

少し時間を遡る。闘牛の館にアリシアが到着する以前――

ダンジョン下層45層　人狼の館の前――　ヘビオ撮影ドローン――

大きな狼男と巨大な蜥蜴《とかげ》が激しく交戦していた。

「へぇ～、君、S級でもないのに結構やるね」

その戦いを観ていた対ハチ捕獲用のような防護服に身を包んだ男……イビルスレイヤーのヘビオが呟《つぶや》く。

「舐《な》めんなよ……これでもS級の兄やってんだ……！」

人狼兄は巨大な爪を自身よりも一回り大きいサラマンダーに振りかざす。

「ぐぎゃぁあ！」

サラマンダーは咆哮する。と……。

「ん～、少し出力を上げようかな」

ヘビオはそのように呟《つぶや》く。すると、サラマンダーにどす黒いエフェクトが発生する。

「……？　なんだ……？」

「グガァアアアア!!」

次の瞬間、サラマンダーは暴れるように全身をくねらせながら、人狼兄に突進してくる。

「っ……！　ぐあっ！」

人狼兄はまるで轢《ひ》かれるように弾き飛ばされる。

【いいぞー、サラマンダー】

【やっちまえ、ヘビオぉおおお！】

人狼兄には聞こえてはいないが、ヘビオへのコメントは俄然、盛り上がる。

なおも、サラマンダーが人狼兄に追い打ちをかけ突進し、人狼兄は吹き飛ばされる。

そのまま人狼の館の外壁にぶつかり、膝をつく。

「ねぇ、妹は出てこないの？」

ヘビオは無邪気な様子で人狼兄に尋ねる。

「君にはあんまり興味ないんだよな……でも妹の方は結構、好みだからさ、僕のペットにしたいんだよね」

「っ……！　ペットだと？　てめえみたいな奴に妹をやるかぁああ!!」

人狼兄は立ち上がり、強い気迫を伴い、サラマンダーに突進していく。そして、爪による攻撃を繰り返し行う。サラマンダーの表皮に裂傷が増えていく。

「おぉー、兄妹の愛情パワーってところかな？」

ヘビオはなにやら少し興奮するようにそんなことを言う。

「だけどね……」

強い衝撃音が響く。

「ぐはっ……！」

サラマンダーによる右ストレートが人狼兄の顔面に直撃した音であった。

人狼兄は10メートル余り吹き飛ばされ、意識を失う。

「やっぱり魔物のランクってのは残酷だよね……そう簡単に覆《くつがえ》せるものじゃない」

ヘビオは倒れる人狼を見下ろしながら、そんなことを言う。

「サラマンダー、燃やしていいよ」

ヘビオがそう言うと、サラマンダーは深く息を吸う。

そして、その巨大な口から倒れる人狼兄に向けて、燃え盛る炎を放つ。

が、しかし、その炎は人狼兄に届くことはなかった。

「……そうそう……最初から出てくれればよかったんだよ」

ヘビオは呟くように言う。

その視線の先には、倒れた人狼の前に立ち塞がる白銀の髪の少女がいた。

「全くそのとおりだよ……無茶なお兄ちゃんだな……」

グレイは背中を向けて、倒れる兄の頬を一撫《な》でする。

「だけどね……彼は誇りを守った。従者には主《あるじ》を守護する役目がある」

「誇り……？　何それ？　ちょっと阿呆っぽいよ。合理的に考えた方がいいんじゃない？」

ヘビオは鼻で笑うような口調で言う。

「……貴様には関係のない話だ」

そう言って、グレイは前に向き直る。

「そう言えば、さっき言っていたな？　魔物のランクってのは残酷で、そう簡単に覆《くつがえ》せるものじゃない……と」

「うん、そうだけどそれが何か？」

「いや、感心しただけだよ。よくわかってるじゃないか」

「……？」

「教えてやろう……S級の中にも格が存在する」

グレイはそう呟《つぶや》くと、その姿を変貌させていく。

サラマンダーよりも更に巨大な白銀の狼が出現する。

次の瞬間であった。

「ぐぎゃぁ?.」

サラマンダーは呑気《のんき》な鳴き声をあげる。自身の身体《からだ》の四割ほどが齧《かじ》り取られ、なくなっていることに気づくのは一時《いっとき》、遅れてのことであった。

「ぐぎゃぁあああぁ……ぁ……ぁ……」

気づいた時には、切断面から血液が噴き出しており、次第に全身から力が抜けていく。

そして、音を立てて、崩れ落ちるようにその巨体を横たえる。

【ぎゃぁあああああ、サラマンダーがぁあああああ】

【同じS級でも、こんなに差があるんか】

その一瞬の出来事にヘビオは言葉を発することもなく立っている。

「……そやつが生身の身体ならば、こうはならなかったかもな?.」

グレイはそんなことを呟く。

「……そんな謙遜する必要はないさ、僕の〝死霊〟は生前と遜色《そんしょく》ない。君が強かっただけ。ますます気に入ったよ」

「……」

ヘビオの淡々とした返答に対し、グレイは少々、違和感を覚える。

「……随分と余裕なのだな?　サラマンダーを失った貴様は、もう私に食いちぎられる未来が目前なわけだが?.」

「……さっきさ、君、言ったよね？」

「……？」

「S級の中にも格が存在する……って……いやいや、感心しただけだよ。よくわかってるじゃないか」

「……!?」

ヘビオは先程、グレイが言った発言をオウム返しして言う。

と、同時に地面から一体の魔物が生えてくるように出現する。

「…………こ、こいつは」

大きさはサラマンダーより一回り小さく、体長は二メートル程。

筋骨隆々な姿に、どす黒いオーラを纏《まと》い、怒れる形相の人間のような顔に、たくましい角が四本生えている。

【え？　邪鬼……？】

【邪鬼じゃん】

コメントが反応するように、それは、唯一のSS級パーティ〝サムライ〟がかつて打ち破った伝説の初代S級魔物〝邪鬼〟であった。討伐から数年の月日が経過したが、ボス強さ考察でも未だにS級ボス最上位とされていた。

【なんで邪鬼が……!?】

【サムライが倒したはずじゃ……】

そんなリスナーの疑問にヘビオは淡々と答える。

「死体漁りしただけだけど」

死霊魔術師《ネクロマンサー》……それがこの防護服を着た男……ヘビオのジョブである。

死んだ魔物を操ることができるジョブだ。

つまるところ、イビルスレイヤーが倒したはずの魔物……アラクネ、オーガ、サラマンダーを手駒にすることができているのは、このヘビオによるものである。

イビルスレイヤーにおいて、その挑発的な言動から魔術師のウラカワが目立っているが、実はヘビオこそがイビルスレイヤーの主戦力《エース》であった。

「死霊魔術師《ネクロマンサー》の能力を使えば消滅後の魔物も操れるからね」

ヘビオはいくらか上機嫌に語る。その間にも……。

「ウゴゥオオオオ!!」

溢《あふ》れる力を抑えきれない様子の邪鬼が激しく咆哮する。

「さてさて、人狼ちゃん、どっちのS級が格上なのか、僕、興味があるよ」

「っ……!」

次の瞬間、邪鬼が立っていた場所から消えていた。

「ぐあっ……!!」

グレイの巨体が一瞬で吹き飛ばされる。

邪鬼に殴り飛ばされたのである。

グレイはすぐにその身を起こし、邪鬼の左腕に嚙みつく。しかし……。

「っ……かは……！」

邪鬼はその嚙みつかれた腕ごとグレイを地面に叩きつける。

たったの一撃で地面に押しつけられたグレイは力を失ったのか少女の姿に戻ってしまう。

邪鬼は冷たい瞳でグレイを見下ろしとどめを刺そうとする。その時だった。

「うぉおおおおおおおおお!!」

「……ん？」

居てもたってもいられなくなったのか館から狼男達が飛び出してくる。

「……お、お前ら……やめ……」

「はは……いいじゃん。こいつらもイナゴブリンみたいな使い方はできるかな」

ヘビオはいくらか嬉《うれ》しそうである。

＊＊＊

そのころ、ダンジョン上層43層アリシアの築城現場——クガ撮影ドローン——

非常にまずい状況だ。

クガはグレイが邪鬼に追い詰められている状況を配信で確認していた。

少し前に、アリシアはミノタウロスを救出することに成功したが、アリシアはワープを使ったばかりであり、再使用するにはもう少し時間が必要だった。故に、今すぐこちらに戻ってくることはできない。

「あぁ、あぁ、やばい状況だねぇ。人狼ちゃんもうちの死霊軍団に入ってもらおうかねぇ。むかつくことに何体か壊されちゃったからなぁ」

「っ……」

イビルスレイヤー、魔術師のウラカワの声が聞こえてくる。どうやら魔術により、遠くからも声を送ることができるようだ。

ウラカワは未だ、姿を現していなかったが、どこからともなく、氷塊による攻撃を繰り出してきており、この攻撃は柴犬コボルト達では防ぐことが難しく、クガが対処せざるを得なかった。つまるところ、クガ自身もこの場を離れることができなかったのだ。

やむを得ない……。

クガは右手を前に出す。中指にグレイとの契約の指輪がはまった手である。指輪はぼんやりと光り出す。クガは人狼の館を捨てて、グレイをこちらに呼び出し保護することを決断する。

〝どう……なさいましたか？　クガ……さま……〟

クガが呼び出そうとすると、グレイは会話を求めてきた。

召喚に対しては、即応じることもできるが、その理由を事前に尋ねることも可能だ。

「グレイ……すまないが、人狼の館は諦めて、こちらに来てくれ」

〝畏《おそ》れながらお伺いします……が、クガさまが……危機に瀕《ひん》しているということでしょうか〟

グレイは息も絶え絶え、なんとか会話をしている様子であった。

「……い、いや……グレイを……」

〝ありがとうございます。本当に嬉《うれ》しく思います……ですが、私を……救出するため……ということでしたら……申し訳ありませんが……この召喚に……応じることはできません〟

「え……？」

〝私は貴方様の眷属《けんぞく》であると同時に……臣下を……従えております〟

「っ……」

〝主《あるじ》に助けを求め……臣下を見捨てることはできません……！〟

確かに、狼男達はすでに意識を失っている者も多い。召喚は相手の同意がなければ成立しないため、意識を失っている者を呼び出すことはできない。クガがグレイだけを呼び寄せても、グレイが狼男たち全員を救出することは不可能だ。

〝クガさま……申し訳……ありません〟

そこで通信は途絶える。

クガはグレイの優先順位を見誤った。召喚に応じなかったことに怒りはない。あるとすれば、彼女の誇りを見誤った自分自身と、この状況を作り出している元凶へだ。

グレイを救いたいのであれば、自分自身がここを離れられる状況を作るほかなかった。

アリシアからはいざとなれば、この城を見捨てても構わないと伝えられていた。

だが……自分一人ここを去れば、柴犬コボルト達だけが残されることになってしまう。

「ほれほれほれぇ……そろそろ俺もギアを上げていくよぉ」

「っ……！」

そのウラカワの言葉のとおり、氷塊による攻撃が激しさを増す。クガは必死にその氷塊を叩き落とす。

「ひゅー、やるねぇ……」

クガは声の方に視線を向ける。

「……！」

100メートル程離れた場所に、魔導師風情《ふぜい》の男が立っていた――ウラカワだ。

【ついに出やがったな、この畜生が！】

【クガ、やっちまえぇぇぇえ！】

クガも同じ気持ちであった。

相当な怒りが蓄積されていた。気づけば彼に向かって駆け出していた。

「おー、怖い怖い……でも人狼ちゃんは大丈夫かなぁ?」

仮に大丈夫でなかったとしても、こいつを倒さなければ助けに行くことはできない。

ならば、一刻も早く倒す以外の選択肢はなかった。

だが、クガはそんなに割り切れるほど強い人間ではない。

自身の非力、無策のせいで、グレイを救うことができないかもしれない……そんな結末が脳裏をよぎる。それでも、クガは必死に、ウラカワへ突進していく。

そんな時であった。


「堕勇者さん、ここは僕に任せてくれないかい?」


え……?

クガは突然、声をかけられる。

聞き馴染みのない声であったが、驚きのあまり足を止めて、その方向を見る。

「ん……?」

ウラカワも何者かが現れたことに気がつく。そして……。

「っっっ……!?」

絶句する。

「……えーと」

クガの視線の先には、とある人物が立っていた。

身長は160センチくらいであろうか、身軽そうな装束《しょうぞく》に身を包み、目元ははっきりとしているが、口元はマフラーのようなもので隠れている。

中性的な顔立ちをしており、一見すると性別が不明だ。

【え……？　なんで、アイエが……？】

【どういう状況……？】

「突然で、申し訳ないが、僕はあいうえ王というチャンネルをやっている者だ」

いや、知っている……。

S級パーティNo．2のあいうえ王……S級探索者にして唯一のソロプレイヤー……ダンジョン籠もりのアイエ。個人のプレイヤーとして最強の呼び声も高く、知らない奴などいない。

「時間もないでしょう。手短に言います。救援に来た。ここは僕に任せてくれないか」

「え……え……なんで？」

クガは混乱もあり、思わず、タメ口で聞き返してしまう。

「なんでってそれは至極簡単なことだよ。君達のファンだから！」

「っ……！」

「状況は把握している。ここは僕がなんとかするから、君は人狼ちゃんの救援に行ってくれ」

「あ、えーと……」

「いきなり来た僕を信用することは難しいかもしれないが、信じてほしい……なんたって僕は君達のファンだから……！」

そう言って、アイエは自身のディスプレイを見せる。

めっちゃクガのチャンネルへの支援金の履歴があった。

「っ……」

信じるべきなのかクガは判断に迫られる。

城はともかく柴犬コボルト達の命も預けること……それは簡単な判断ではなかった。

【クガ！　あいうえ王は変な奴だけど、めっちゃいい奴】

「おい、変な奴じゃないだろ！」

アイエはクガの配信を聞いているのか、コメントに反応する。

【少なくとも裏表があるような奴じゃない】

【実力は知ってるよな？】【信じていいと思う】

リスナーの説得もあり、クガは決める。

「……すみません……この恩はいつか返します」

「あいよ。ここは任せな！」

クガは後方に退いた。

「な、なんでお前が……」

この想定外の救援に驚いていたのは、クガよりもむしろウラカワであったかもしれない。

「なんでって確かに言ったと思うんだけど……？」

「……？」

「【僕の吸血鬼《ヴァンパイア》さんの邪魔をする不届き者はこの僕が成敗《せいばい》してくれる！】って……」

アイエはケラケラと笑い、冗談めいた口調で言い放つ。

それはウラカワが最初にアリシアの城を襲撃した時に書き込まれていたコメントであった。

ウラカワは当時、意に介していなかったが、あの時点で彼はあいうえ王を敵に回していたことになる。

「僕は根に持つタイプだからね」

アイエは鋭い眼光をウラカワに向ける。

「っっっ……！」

ウラカワは口をパクパクさせるが、そこから意味のある音声が発せられることはない。

＊＊＊

ダンジョン下層45層　人狼の館の前――　ヘビオ撮影ドローン――

クガとの通信が途絶えた後も、グレイは邪鬼に抵抗していた。

人の姿に戻ってしまったグレイが力を振り絞って、邪鬼に攻撃を仕掛ける。しかし……。

「せあっ……！」

「きゃぁあ！」

力の差は想像以上に大きく、右腕一振りで10メートル余り吹き飛ばされてしまう。

周囲には無謀にも邪鬼に挑んだ狼男達も倒れている。

そして邪鬼が倒れているグレイの元へゆっくりと近づいてくる。

【人狼ちゃーん！　クガが呼んでほしいって】

【人狼ちゃん！　頼む！　届いてくれ！】

イビルスレイヤーの配信に、クガ側のリスナーがなだれ込み、必死にコメントするが、そのコメントがグレイに届くことはない。

そして邪鬼はその右腕を大きく振りかぶる。

「…………申し訳ありません……クガさま……」

グレイは自身の敗北を悟った。その時であった。

グレイの目には大剣で邪鬼の攻撃を食い止める男の背中が映った。

「……クガ……さま……？」

「あぁ、グレイ、すまない……随分と待たせた。あとは任せろ」

「……はい……」

グレイは精一杯微笑む。

「ふーん……結局、来ちゃったんだぁ」

ヘビオは少々、不満そうに言う。

「でも、おかしいな……どうやってここまで来たの？　人狼ちゃんは召喚には応じない構えだと思った……そうなると、この階層の入口にしかワープはできないと思うけど……闘牛の館程ではないけれど、それなりの距離はあるよね？」

「走ってきた」

「……はい？」

ヘビオは首を傾《かし》げる。

「だから、走ってきた」

「……まぁ、いいや。だけどさ、君って人殺さないと大したことないんでしょ？」

「……」

「えーと、魂の救済だっけ？　殺人することで、すんごく強くなるやつ。でも、ここには生贄《いけにえ》がいないじゃん。どうするのさ？　あ、僕を殺せばいいのか」

ヘビオはさも名案を思いついたかのように言う。冗談というよりは本気で言っている様子であるのが、クガにとっては少々、理解しがたかった。だが……。

「心配はいらない」

「えっ？」

ヘビオの余裕は一瞬で消失することとなる。クガの大剣一振りで、邪鬼が吹き飛ばされたからだ。

「魂の救済《このの》は蓄積するタイプだ」

クガは間髪容れず、邪鬼に追い打ちをかける。

邪鬼も一撃でやられる程、柔《やわ》ではなく、尻餅《しりもち》をついた状態から上体を捻り、右ストレートで応戦する。しかし……。

「力強化《エンパワー》」

クガは自身に強化魔法をかける。魂の救済に更に上乗せされるように強化エフェクトが発生する。その直後……。

「ぐぎゃ？」

重厚で無機質な音が周囲に響く。

それは邪鬼の右腕が地面に落下した音。

「ぎゃぁあああああ!!」

切断面からは血が噴き出し、邪鬼は思わず左腕で切断面を押さえる。

「くっ……!　縫合治癒《スチャー・ヒール》!」

ヘビオが初めて、自身の死霊に治癒魔法を試みる。イビルスレイヤー陰の実力者の名は伊達ではなく、邪鬼の左腕は縫合糸で、くっつくように元に戻っていく。

「実力は本物みたいだね……でもこれならどうかな?　僕はこれが死霊の力を最大限に引き出す方法だと思うんだ。邪鬼……死霊行進《デス・マーチ》」

ヘビオがそのように宣言すると、邪鬼を取り巻くオーラは一層、強くなる。そして、邪鬼はクガに向かって驀進《ばくしん》してくる。それは、邪鬼の意思というよりはまるで朽ちた肉体そのものが兵器であり、弾丸であるかのようであった。

クガはなんとか直撃を避ける。しかし、僅かに接触した左腕があらぬ方向に曲がっていた。

「くっ……強いな……」

「君が治癒《ヒール》もできることは知っている。でもそんな隙《すき》は与えないよ。次の一撃で確実に仕留める」

ヘビオがそう宣言すると、邪鬼は間髪容れずにクガに猛進してくる。死霊魔術により、肉体の限界を超えたその突撃は、防ぐことも避けることも困難であった。

「もう少し楽しみたかった。でも、これで終わりだよ」

ヘビオは勝利を確信する。だが……。

「防ぐことも避けることもできないなら、正面からぶつかればいい」

「な……？　どういう……？」

「こちらにも一応、攻撃用の技があるんだ。少し口にするのが恥ずかしくてあまり使いたくはないんだがな……」

その直後、クガの大剣が禍々《まがまが》しいオーラを放つ。オーラは濃縮されるように大剣に収束する。

「っっっ……」

だが、一瞬、放たれた禍々しいオーラを直視してしまったヘビオは凍りつくような寒気に襲われる。そして……。

「……闇破勇斬《ダーク・ブレイブ》」

クガは大剣を横に一振りする。派手なエフェクトはない。暗黒のオーラが大剣の軌道を描く程度のものだ。

「っっっ……」

だが、無機質な音が響く。

それは邪鬼の頭部が地面に落下した音であった。

【え……？】

あまりに一瞬の出来事に反応は遅れてやってくる。

【うぉおおおおおおおおお!!】
【やりやがった】
【……ってか、マジか】
【ここまでか……強すぎるだろ……堕勇者……】

「っ……嘘だろ……僕の邪鬼が……最強の死霊が……」
流石《さすが》に想定外であったのか、常に淡々としていたヘビオも動揺を隠せない。

【《朗報》ウラカワ死亡】【あいうえ王、圧勝】
【城の防衛に成功!!】

「……」

ほぼ同時に築城現場からの知らせが飛び込んできて、クガはほっと一安心する。

「ええ……ウラカワさんもやられちゃったの？」

ヘビオにも同様の情報が入ってきたのか、そんなことを呟《つぶや》く。

だが、今度は逆に淡々とした様子である。

「やーめた」

「……？」

ヘビオは投げ出すような言葉を発し、その場で仰向けに寝っ転がってしまう。そして……。

「殺すなら殺して、どうぞ」

そんなことを言う。

諦めたというより、本当にどうでもよくなったというような口調だ。

「一つ聞きたいのだが……」

そんなヘビオにクガは話しかけていた。

「ん？　なにー？」

「なぜ猟奇的な魔物狩りというスタンスで活動していたんだ？」

「……？　リスナーが喜ぶからじゃない？　知らんけど」

「……」

ヘビオは妙に他人事であった。

「君自身は……？」

「…………僕に目的なんかないけど」

「……」

「ただ、あいつらが誘ってくれたから」

【なんだこいつは】

【何考えてるか全くわからん】

【主体性の欠片《かけら》もないな】

【……でもクガも似たような感じだったんじゃ】

ぐさり……よく御存じのリスナーがいるようだ。

そのとおりであった。誘われたから守るために戦う。以前のクガも似たような活動動機だった。

と、その時……。

【クガ、やばいぞ！　あいうえ王のチャンネル見てみ！】

「え……？」

クガは冷や汗をかく。まさか……やはり……。

クガは急いで、あいうえ王チャンネルを開く。

「……!!」

そこには怒り顔のアリシアが画角いっぱいに映し出されていた。

〝クガ――――！　どういうこと――――!?　なんか妙にきょどった知らん人がいるんだけど――!!　なんなのこれ――!!〟

アリシアが指差した人物は、クガの前に現れた自信ありげな人物とは別人のように、そわそわした様子のアイエさんであった。

ダンジョン上層43層アリシアの築城現場――


「宴じゃあ！」

築城現場が燃え盛る。

もちろん城が燃えているわけではない。キャンプファイヤーだ。

炎を中心に、柴犬コボルト、狼男達が不揃いに自由気ままに踊る。

ゲスト席には、S級ソロパーティあいうえ王のアイエが座っていた。

「ど、ど、ど、どうしよう……僕、こんなところに座ってていいのかな……」

アイエは挙動不審気味にそわそわしていた。

【アイエ、戦闘時以外、きょどりすぎ笑】

アイエは緊張から口の中が乾ききってしまったのか、グラスにつがれた飲料をいっきに飲み干す。すると横に待機していたワワンオがすぐに次の飲料を注ぐ。

「あ、ごめんなさい、お構いなく……」

「わわん！」

「ひゃぁあ！」

「わわんわ……」

「ありがとね……君も飲むかい？」

「わんわ」

ワワンオはさっと杯を取り出す。

「お、いける口だね」


ずーん……。

賑わうキャンプファイヤーの中にあって、そんな擬音《ぎおん》が聞こえてきそうな一角があった。敗北したグレイとミノタウロスである。

「……あ、貴方は悪くないって」

可愛らしい声で、隣で体育座りするグレイをミノタウロスが励ます。

「…………あまりにも役立たず……何が、フェンリルだ、この役立たず……いや、役立たず以下のゴミだ……いや、足りない。クズかな……？　いや、言葉では言い表すことができないほどの無能……」

人狼少女はぶつぶつと自分を罵倒《ばとう》していた。

「ま、まぁまぁ……」

ミノタウロスは自分自身も結構、落ち込んでいたので、その言葉がぐさぐさと刺さる。

「グレイちゃん……わたしたち、魔物ってさ、今以上に強くなれるのかな」

「……え？」

ミノタウロスの発言にグレイは虚を衝かれたように声を上げる。そんなこと、考えたこともなかった。

「今回ちょっと思ったんだ……吸血鬼《ヴァンパイア》ちゃんってあんなに強かったんだ……って……」

「……」

「私が一方的にやられてた相手を、一方的に倒しちゃったんだよ」

ミノタウロスは幾分、悔しさを滲《にじ》ませるように言う。

「それでちょっと思ったんだよ……いくら吸血鬼ちゃんが隠しボスとはいえ、S級の私達と生まれた時からそんなに差があったのかなって」

「……」

先ほどまで呪文のように自虐を唱えていたグレイは黙ってミノタウロスの方を見る。

そして、突如……。

「ありがとう、ミノちゃん……！」

「え……？」

そう言い残したグレイは姿を消していた。

「………あ、えーと……この場で、一人残されるのはちょっと………私、大きいからいいなくなったら目立つしなぁ……」

コボルトや狼男たちの視線にさらされ、取り残されたミノタウロスはアウェイ感をことさら強く感じてしまうのであった。

「あびゃぁあああぁ……大体ですね、なんでいきなりS級ボスなんかと戦わされるんですか！」

「そうらそうら！　実質、S級なんだから、せめて私たちもS級パーティに昇格させろってんだよ！」

「本当、ひどい男ですよ……！　クガさんは……！」

「そうらそうら！」

「ちょ、ミカリ、クシナ……！　配信中だよ……！」

クマゼミメンバーの席では、ユリアが酔っ払い二人をなだめようとしていた。

「なんだ、ユリア……！　いい子ぶりやがって……！　お前もクガに文句があるんだろぉお！」

「え……？　そ、それは……」

【クシナちゃんとミカリ酒癖わるっ】

【ゴリア様が慌てる姿も貴重だな】

その傍らに男二人が座っていた……セラは酒を飲んでいたが、クガは酒を飲まない。

「……相変わらずだな、ミカリは……」

「あぁ……それにクシナも加わって、厄介度が倍増した」

「はは……」

「はは……じゃねえよ、もう関係ないと思いやがって」

「……すまん」

「だが、まぁ、これで貸し借りなしってことでいいか？」

「あ……」

クガは貸しているつもりはなかったが、セラからすればそういうことらしい。

「……おう」

「……了解。で、お前はそろそろ行ってやらなくていいのか？」

「ん……あぁ……そうだな……席を外す」

「あぁ……」

そうして、クガは立ち上がり、セラから離れる。

クガの足が向かった先は、彼の何者かであった。

アリシアは炎に向かって、跪《ひざまず》き、合掌しながら目を瞑《つむ》っていた。

クガは邪魔をしないように、そっと横に腰かける。と……。

「……私は慢心していた」

「……？」

アリシアはそんな風に呟《つぶや》く。

「私のせいで眷属《けんぞく》が死んだ」

「……そうだな……俺も同じだ……」

「……いや、君はイビルスレイヤーについて準備しなくていいのかと警告していた。それを蔑《ないがし》ろにしたのは私だ」

「……それは俺も……」

遮るようにアリシアは続ける。

「クガ……もしも私が道を違《たが》えていたら、君に叱ってほしい」

「……………そうだな。それは君の何者かである俺にしかできないことだな」

「あぁ……！」

そう言いながら、アリシアは目を細めて、微笑む。

「……！」

クガはその一瞬が切り取られたように錯覚する。

「さーて、いつまでもうじうじしていても仕方がない……！　ミノちゃぁあああん！」

アリシアは少々、居心地悪そうにしていたミノタウロスの元へ走っていく。

◇

イビルスレイヤーの襲撃事件から数日後――。


「できたぞ――!」

「「「わんわんおー!」」」

「「「うぉおおおお」」」

アリシアは柴犬コボルト、狼男達と共に両手を上げて、万歳する。


【おぉー、ついにできたか】

【おめでとうー!】

【城の完成、おめでとうございます】


柴犬コボルト達の今はなくなった城を思わせる和風の作りの立派な城である。

「どうした? クガ、嬉《うれ》しくないのか? 私達の新居だぞ?」

「え!? 俺も住むの!?」

「……? 当たり前だろ? お前は私の何だ?」

「……何者か」

「そうだ！」
アリシアはニンマリと笑う。
「さてさて、これで晴れて、ＳＳ級ボスになるための条件〝ボスの城を構える〟をクリアだな」
アリシアはメモ帳に書き込んでいく。そして……。
「どうだ！」
クガに殴り書きのメモを見せつける。
＝＝＝＝＝＝＝＝＝＝＝＝＝＝＝＝＝＝＝＝＝＝＝＝＝＝＝
【ＳＳ級ボスになるには】
【済】侵略者を三〇人狩る
【済】Ａ級パーティを狩る
【済】Ｓ級パーティを狩る　←　NEW
【済】眷属《けんぞく》を従える（Ｓ級ボス）
【済】ボスの城を構える　←　NEW
・ＳＳ級ボスの枠を空ける
＝＝＝＝＝＝＝＝＝＝＝＝＝＝＝＝＝＝＝＝＝＝＝＝＝＝＝
「お、おう……」
クガにはこれらの条件を満たすのかいくつか懸念する点があったが、Ｓ級眷属の方も大雑把《おおざっぱ》であったし、まぁ、いいかと思う。

「これで満を持して、ＳＳ級ボスに挑むというわけだ」

「……あぁ」

「頼りにしてるぞ、クガ」

「…………こちらもな」

「……！　うん……」

アリシアはちょっぴりはっとして、そして少し呆然とした様子で返事する。

なにしろ、それはその男が初めて口にした何者かへの信頼を示す言葉だったから。

あとがき

この度は〝闇堕ち勇者の背信配信〟を手に取っていただき、誠にありがとうございます。

本作は私にとって二作目の出版作品になります。一作目は〝ダンジョンおじさん〟という作品で、現状、既刊が三巻までございます。他社からの出版で、恐縮ではございますが、こちらも近々、動きがありそうなので、もしよければ、チェックしていただけると幸いです。

実のところ、私はダンジョンおじさんを出版した頃、二作目を出版することはないのかなと思っていました。一作目を出版して、結構満足してしまっていたのだと思います。ですが、ふたを開けてみると、こうして二作目を書いているから不思議なものです。

本作はいわゆる〝ダンジョン配信もの〟といわれる作品で、WEBを中心に、人気が出てきているジャンルに属する作品です。私は現代ファンタジーを書くのが恐らく得意（……というか異世界ファンタジーはなぜか全然うまくいかない）なので、せっかく現代ファンタジーのジャンルに流行の兆しがあるということで、このビッグウェーブに乗るしかない！　と書き始めた作品です。

〝ダンジョン配信もの〟の特徴、面白いところは、主要キャラではないリスナー（＝視聴者）が作品に絡んでくることだと思います。ひょっとすると、リスナーは主人公を持ちあげるような役割を担っているのかもしれませんが、リスナーの役割はそれだけじゃないと思っています。

本作では、クガがアリシアの〝何者か〟になるといった表現を使っています。逆に、リスナーという存在は、〝何者でもない名前のないキャラクター〟という側面があります。だからこそ、きっと現実において何者にもなれない私のような人間でも、ひょっとしたら物語の重要な要素になれる……そういう可能性を示してくれることがダンジョン配信もののリスナーの真の役割であり、価値なんじゃないかと僭越ながら勝手に思っています。なので、そういった願いを込めて、本作を執筆していけたらいいなと思っています。

最後になりますが、イラストを引き受けてくださり、素晴らしいキャラクター達を生み出してくださいました白狼《ばいらん》様、お声を掛けてくださり、作品のコンセプトや方向性に始まり、作品の読みやすさ等を粘り強くブラッシュアップしてくださった担当の渡部《わたべ》様、出版に携わってくださった小学館の皆様、これを読んでいるかは分かりませんが、支えてくれた家族、相談に乗ってくれた友人にもこの場を借りて、感謝申し上げます。

そして、何より、数ある作品の中から本作を選んでくださった読者の皆様に心より御礼申し上げます。

広路《こうじ》なゆる

ドクロのような模様
◇アラクネ
イヤーカフ
◇レプロ
兄妹お揃いのイヤーカフ
レプロは左耳
◇ミノちゃん
マント留め
ベルト意匠

CHARACTER DESIGNS

あいうえ王の
チームマーク

◇アイエver2.0
アイエのシャムシール
「ティアーズオブムーン（仮）」
◇ウラカワ
左目じりにピアス２つ
左肩にチームマーク
着崩した神父服
白手袋
イビルスレイヤー
ドクロにスレイヤー
◇カメオカ
◇ムシハラ

GAGAGA
ガガガ文庫

闇堕ち勇者の背信配信
～追放され、隠しボス部屋に放り込まれた結果、ボスと探索者狩り配信を始める～

広路なゆる

発行　2024年3月23日　初版第1刷発行

発行人　鳥光 裕

編集人　星野博規

編集　渡部 純

発行所　株式会社小学館
〒101-8001 東京都千代田区一ツ橋2-3-1
[編集]03-3230-9343　[販売]03-5281-3556

カバー印刷　株式会社美松堂

印刷・製本　図書印刷株式会社

Printed in Japan　ISBN978-4-09-453185-5